PÊCHEUR D'ISLANDE

PIERRE LOTI

Pêcheur d'Islande

PIERRE LOTI
(1850-1923)

Julien Viaud naît le 14 janvier 1850 à Rochefort, siège de préfecture maritime, dans une
famille protestante. Son père, employé de mairie,
a épousé l'héritière d'une riche et vieille famille.
Par lui, Julien descend d'une famille de marins :
sa grand-mère paternelle a perdu son mari à la
bataille de Trafalgar et son fils dans le naufrage
de « La Méduse ».

Julien, mauvais élève, ne paraît pas attiré par
l'étude. Seul son frère, de douze ans son aîné, le
fascine. Chirurgien de marine, il meurt sur le
bateau qui le rapatrie, de fièvre tropicale. Julien
Viaud décide alors d'être marin. A Brest, Julien
Viaud découvre que la marine est sa vocation. Il
aime la mer, et démontre, malgré une frêle
constitution, une réelle résistance physique. Il
commence à tenir un journal, qu'il n'abandon-
nera qu'à la fin de sa vie, et dans lequel il puisera
les sujets de ses romans. En 1871, il s'embarque
pour la destination qui, depuis l'enfance, le fait
rêver : Tahiti.

Le jeune officier s'y éprend d'une vahiné qui le
baptise *Loti*, nom polynésien d'une fleur. Julien
Viaud s'en souviendra, lorsqu'il se cherchera un
nom de plume. Ses amours durent le temps d'une
escale. Ainsi sera sa vie : des rencontres, des pas-

sions — liaisons amoureuses ou amitiés parti-
culières — à peine nées et presque aussitôt inter-
rompues.

En 1873, c'est au Sénégal, où il a été affecté,
que Loti entretient une liaison tumultueuse avec
une créole épouse d'un négociant, ce qui ne
l'empêche pas de passer ses nuits avec une belle
indigène lorsque la première le fait languir. Le
scandale menace ; Loti est muté sur un patrouil-
leur. Ses aventures polynésiennes, plus tard, lui
inspireront *Le Mariage de Loti*, ses aventures afri-
caines *Le Roman d'un spahi*.

Affecté au Bataillon de Joinville en 1874, il se
lie d'amitié avec Sarah Bernhardt, qui le sur-
nomme « Pierrot le fou », ce qu'il justifie en se
déguisant en clown ou en Hercule de foire dans
les soirées mondaines. En 1876, il fait escale en
Turquie et y rencontre Aziyadé, une jeune Circas-
sienne du harem d'un marchand. Il apprend le
turc, cherche à s'intégrer, avec Aziyadé, à la vie
locale. Mais il ne peut se résoudre à abandonner
son navire et supporter la honte infligée s'il
devait être porté déserteur. La séparation est si
déchirante pour l'officier Viaud que, dès son
retour en France, afin de mieux s'en guérir, il
entreprend d'écrire son histoire : *Aziyadé* est
publié en 1879.

Un premier succès qui encourage Loti à
publier, l'année suivante, *Le mariage de Loti*, qui
le lance dans le Tout-Paris. Désormais, l'officier
de marine Julien Viaud va alterner, avec l'écri-
vain Pierre Loti, les missions et les livres. Partici-
pant à l'expédition du Tonkin, il décrit, pour *Le
Figaro*, les massacres dont les marins français se
rendent coupables, ce qui lui vaut une affectation
administrative à Rochefort, et des souvenirs dans
lesquels il puise l'inspiration pour *Mon Frère Yves*
(1883). Une escale au Japon, en 1885 devient
Madame Chrysanthème (1887).

En 1886, il a publié *Pêcheur d'Islande*, qui va lui apporter une célébrité mondiale, et s'est marié. Loti veut un enfant ! Aussi a-t-il chargé une de ses amies de lui trouver une femme riche, protestante, et plus petite que lui (un fils, Samuel, naîtra en 1889).

A 41 ans, élu contre Zola, il devient le plus jeune Académicien de France ; la Marine l'affecte à Hendaye, au pays basque. Là, il se lie avec les contrebandiers qu'il est chargé de surveiller, et tombe amoureux de ce pays à tel point qu'il y prend une maîtresse (qu'il installe à Rochefort, à proximité de son domicile conjugal) afin d'avoir des enfants de sang basque. Il en aura trois, et exigera de son épouse légitime qu'elle en prenne soin s'il venait à mourir.

Dans sa maison de Rochefort, où il a fait installer des salons extravagants, baroques — une salle Louis XVI, une autre gothique, une pièce chinoise, un salon turc, et même une mosquée où il a fait placer la pierre tombale d'Aziyadé, qu'il a dérobée en Turquie — , il répond à l'énorme courrier qu'il reçoit : lettres d'amour, mais aussi demandes d'aide. Loti est aussi fantasque que généreux. En 1898, il visite l'Inde, puis est affecté à Pékin pendant la révolte des Boxers ; il en tire un livre-reportage, *Les derniers jours de Pékin*.

Envoyé en Turquie, où il est très populaire, afin d'améliorer les mauvaises relations franco-turques, il écrit *Les Désenchantées*. Pendant la Première Guerre mondiale, pour le gouvernement français, il continue, en vain, à œuvrer à un rapprochement avec la Turquie, qui a choisi l'Allemagne.

Après la guerre, il se retire à Rochefort, classant ses nombreux souvenirs. Victime d'un premier infarctus en 1921, il meurt à Hendaye, où il a tenu à se faire transporter, le 10 juin 1923. La France lui fait des funérailles nationales.

PREMIÈRE PARTIE

Ils étaient cinq, aux carrures terribles, accoudés à boire, dans une sorte de logis sombre qui sentait la saumure et la mer. Le gîte, trop bas pour leurs tailles, s'effilait par un bout, comme l'intérieur d'une grande mouette vidée ; il oscillait faiblement, en rendant une plainte monotone, avec une lenteur de sommeil.

Dehors, ce devait être la mer et la nuit, mais on n'en savait trop rien : une seule ouverture coupée dans le plafond était fermée par un couvercle en bois, et c'était une vieille lampe suspendue qui les éclairait en vacillant.

Il y avait du feu dans un fourneau ; leurs vêtements mouillés séchaient, en répandant de la vapeur qui se mêlait aux fumées de leurs pipes de terre.

Leur table massive occupait toute leur demeure ; elle en prenait très exactement la forme, et il restait juste de quoi se couler autour pour s'asseoir sur des caissons étroits scellés aux murailles de chêne. De grosses poutres passaient au-dessus d'eux, presque à toucher leurs têtes ; et, derrière leur dos, des couchettes qui semblaient creusées dans l'épaisseur de la charpente s'ouvraient comme des niches d'un caveau pour mettre les morts. Toutes ces boiseries étaient grossières et frustes, imprégnées d'humidité et de sel ; usées, polies par les frottements de leurs mains.

Ils avaient bu, dans leurs écuelles, du vin et du cidre, aussi la joie de vivre éclairait leurs figures, qui étaient franches et braves. Maintenant ils restaient attablés et devisaient, en breton, sur des questions de femmes et de mariages.

Contre un panneau de fond, une sainte Vierge en faïence était fixée sur une planchette, à une place d'honneur. Elle était un peu ancienne, la patronne de ces marins, et peinte avec un art encore naïf. Mais les personnages en faïence se conservent beaucoup plus longtemps que les vrais hommes ; aussi sa robe rouge et bleue faisait encore l'effet d'une petite chose très fraîche au milieu de tous les gris sombres de cette pauvre maison de bois. Elle avait dû écouter plus d'une ardente prière, à des heures d'angoisses ; on avait cloué à ses pieds deux bouquets de fleurs artificielles et un chapelet.

Ces cinq hommes étaient vêtus pareillement, un épais tricot de laine bleue serrant le torse et s'enfonçant dans la ceinture du pantalon ; sur la tête, l'espèce de casque en toile goudronnée qu'on appelle *suroît* (du nom de ce vent de sud-ouest qui dans notre hémisphère amène les pluies).

Ils étaient d'âges divers. Le *capitaine* pouvait avoir quarante ans ; trois autres, de vingt-cinq à trente. Le dernier, qu'ils appelaient Sylvestre ou Lurlu, n'en avait que dix-sept. Il était déjà un homme, pour la taille et la force ; une barbe noire, très fine et très frisée, couvrait ses joues ; seulement il avait gardé ses yeux d'enfant, d'un gris bleu, qui étaient extrêmement doux et tout naïfs.

Très près les uns des autres, faute d'espace, ils paraissaient éprouver un vrai bien-être, ainsi tapis dans leur gîte obscur.

... Dehors, ce devait être la mer et la nuit, l'infinie désolation des eaux noires et profondes. Une montre de cuivre, accrochée au mur, marquait onze heures, onze heures du soir sans doute ; et, contre le plafond de bois, on entendait le bruit de la pluie.

Ils traitaient très gaîment entre eux ces questions de mariage, — mais sans rien dire qui fût déshonnête. Non, c'étaient des projets pour ceux qui étaient encore garçons, ou bien des histoires drôles arrivées dans *le pays,* pendant des fêtes de noces. Quelquefois ils lançaient bien, avec un bon rire, une allusion un peu trop franche au plaisir d'aimer. Mais l'amour, comme l'entendent les hommes ainsi trempés, est toujours une chose saine, et dans sa crudité même il demeure presque chaste.

Cependant Sylvestre s'ennuyait, à cause d'un autre appelé Jean (un nom que les Bretons prononcent Yann), qui ne venait pas.

En effet, où était-il donc ce Yann ; toujours à l'ouvrage là-haut ? Pourquoi ne descendait-il pas prendre un peu de sa part de la fête ?

— Tantôt minuit, pourtant, dit le capitaine.

Et, en se redressant debout, il souleva avec sa tête le couvercle de bois, afin d'appeler par là ce Yann. Alors une lueur très étrange tomba d'en haut :

— Yann ! Yann !... Eh ! l'*homme !*

L'*homme* répondit rudement du dehors.

Et, par ce couvercle un instant entrouvert, cette lueur si pâle qui était entrée ressemblait bien à celle du jour. — « Bientôt minuit... » Cependant c'était bien comme une lueur de soleil, comme une lueur crépusculaire renvoyée de très loin par des miroirs mystérieux.

Le trou refermé, la nuit revint, la petite lampe pendue se remit à briller jaune, et on entendit l'*homme* descendre avec de gros sabots par une échelle de bois.

Il entra, obligé de se courber en deux comme un gros ours, car il était presque un géant. Et d'abord il fit une grimace, en se pinçant le bout du nez à cause de l'odeur âcre de la saumure.

Il dépassait un peu trop les proportions ordinaires des hommes, surtout par sa carrure qui était droite, comme une barre ; quand il se présentait de face, les muscles de ses épaules, dessinés sous son tricot bleu, formaient comme deux boules en haut de ses bras. Il avait de grands yeux bruns très mobiles, à l'expression sauvage et superbe.

Sylvestre, passant ses bras autour de ce Yann, l'attira contre lui par tendresse, à la façon des enfants ; il était fiancé à sa sœur et le traitait comme un grand frère. L'autre se laissait caresser avec un air de lion câlin, en répondant par un bon sourire à dents blanches.

Ses dents, qui avaient eu chez lui plus de place pour s'arranger que chez les autres hommes, étaient un peu espacées et semblaient toutes petites. Ses moustaches blondes étaient assez courtes, bien que jamais coupées ; elles étaient frisées très serré en deux petits rouleaux symétriques au-dessus de ses lèvres qui avaient des contours fins et exquis ; et puis elles s'ébouriffaient aux deux bouts, de chaque côté des coins profonds de sa bouche. Le reste de sa barbe était tondu ras, et ses joues colorées avaient gardé un velouté frais, comme celui des fruits que personne n'a touchés.

On remplit de nouveau les verres, quand Yann fut assis, et on appela le mousse pour rebourrer les pipes et les allumer.

Cet allumage était une manière pour lui de fumer un peu. C'était un petit garçon robuste, à la figure ronde, un peu le cousin de tous ces marins qui étaient plus ou moins parents entre eux ; en dehors de son travail assez dur, il était l'enfant gâté du bord. Yann le fit boire dans son verre, et puis on l'envoya se coucher.

Après, on reprit la grande conversation des mariages :

— Et toi, Yann, demanda Sylvestre, quand est-ce ferons-nous tes noces ?

— Tu n'as pas honte, dit le capitaine, un homme si grand comme tu es, à vingt-sept ans, pas marié encore ! Les filles, qu'est-ce qu'elles doivent penser quand elles te voient ?

Lui répondit, en secouant d'un geste très dédaigneux pour les femmes ses épaules effrayantes :

— Mes noces à moi, je les fait à la nuit ; d'autres fois, je les fais à l'heure ; c'est suivant.

Il venait de finir ses cinq années de service à l'État, ce Yann. Et c'est là, comme matelot canonnier de la flotte, qu'il avait appris à parler le français et à tenir des propos sceptiques. — Alors il commença de raconter ses noces dernières, qui paraît-il, avaient duré quinze jours.

C'était à Nantes, avec une chanteuse. Un soir, revenant de la mer, il était entré un peu gris dans un Alcazar. Il y avait à la porte une femme qui vendait des bouquets énormes au prix d'un louis de vingt francs. Il en avait acheté un, sans trop savoir qu'en faire, et puis, tout de suite en arrivant, il l'avait lancé à tour de bras, *en plein par la figure*, à celle qui chantait sur scène, — moitié déclaration brusque, moitié ironie pour cette poupée peinte qu'il trouvait par trop rose. La femme était tombée du coup ; après, elle l'avait adoré pendant près de trois semaines.

— Même, dit-il, quand je suis parti, elle m'a fait cadeau de cette montre en or.

Et, pour la leur faire voir, il la jetait sur la table comme un méprisable joujou.

C'était conté avec des mots rudes et des images à lui. Cependant cette banalité de la vie civilisée détonnait beaucoup au milieu de ces hommes

primitifs, avec ces grands silences de la mer
qu'on devinait autour d'eux ; avec cette lueur de
minuit, entrevue par en haut, qui avait apporté la
notion des étés mourants du pôle.

Et puis ces manières de Yann faisaient de la
peine à Sylvestre et le surprenaient. Lui était un
enfant vierge, élevé dans le respect des sacre-
ments par une vieille grand-mère, veuve d'un
pêcheur du village de Ploubazlanec. Tout petit, il
allait chaque jour avec elle réciter un chapelet, à
genoux sur la tombe de sa mère. De ce cimetière,
situé sur la falaise, on voyait au loin les eaux
grises de la Manche où son père avait disparu
autrefois dans un naufrage. — Comme ils étaient
pauvres, sa grand-mère et lui, il avait dû de très
bonne heure naviguer à la pêche, et son enfance
s'était passée au large. Chaque soir il disait
encore ses prières et ses yeux avaient gardé une
candeur religieuse. Il était beau, lui aussi, et,
après Yann, le mieux planté du bord. Sa voix très
douce et ses intonations de petit enfant contras-
taient un peu avec sa haute taille et sa barbe
noire ; comme sa croissance s'était faite très vite,
il se sentait presque embarrassé d'être devenu
tout d'un coup si large et si grand. Il comptait se
marier bientôt avec la sœur de Yann, mais jamais
il n'avait répondu aux avances d'aucune fille.

A bord, ils ne possédaient en tout que trois
couchettes — une pour deux — et ils y dormaient
à tour de rôle, en se partageant la nuit.

Quand ils eurent fini leur fête — célébrée en
l'honneur de l'Assomption de la Vierge leur
patronne — il était un peu plus de minuit. Trois
d'entre eux se coulèrent pour dormir dans les
petites niches noires qui ressemblaient à des
sépulcres, et les trois autres remontèrent sur le
pont reprendre le grand travail interrompu de la
pêche ; c'était Yann, Sylvestre et un de leur pays
appelé Guillaume.

Dehors il faisait jour, éternellement jour.

Mais c'était une lumière pâle, pâle, qui ne ressemblait à rien ; elle traînait sur les choses comme des reflets de soleil mort. Autour d'eux, tout de suite commençait un vide immense qui n'était d'aucune couleur, et en dehors des planches de leur navire, tout semblait diaphane, impalpable, chimérique.

L'œil saisissait à peine ce qui devait être la mer : d'abord cela prenait l'aspect d'une sorte de miroir tremblant qui n'aurait aucune image à refléter ; en se prolongeant, cela paraissait devenir une plaine de vapeur — et puis, plus rien ; cela n'avait ni horizon ni contours.

La fraîcheur humide de l'air était plus intense, plus pénétrante que du vrai froid, et, en respirant, on sentait très fort le goût de sel. Tout était calme et il ne pleuvait plus ; en haut, des nuages informes et incolores semblaient contenir cette lumière latente qui ne s'expliquait pas ; on voyait clair, en ayant cependant conscience de la nuit, et toutes ces pâleurs des choses n'étaient d'aucune nuance pouvant être nommée.

Ces trois hommes qui se tenaient là vivaient depuis leur enfance sur ces mers froides, au milieu de leurs fantasmagories qui sont vagues et troubles comme des visions. Tout cet infini changeant, ils avaient coutume de le voir jouer autour de leur étroite maison de planches, et leurs yeux y étaient habitués autant que ceux des grands oiseaux du large.

Le navire se balançait lentement sur place, en rendant toujours sa même plainte, monotone comme une chanson de Bretagne répétée en rêve par un homme endormi. Yann et Sylvestre avaient préparé très vite leurs hameçons et leurs lignes, tandis que l'autre ouvrait un baril de sel et, aiguisant son grand couteau, s'asseyait derrière eux pour attendre.

Ce ne fut pas long. A peine avaient-ils jeté leurs lignes dans cette eau tranquille et froide, ils les relevèrent avec des poissons lourds, d'un gris luisant d'acier.

Et toujours, et toujours, les morues vives se faisaient prendre ; c'était rapide et incessant, cette pêche silencieuse. L'autre éventrait, avec son grand couteau, aplatissait, salait, comptait, et la saumure qui devait faire leur fortune au retour s'empilait derrière eux, toute ruisselante et fraîche.

Les heures passaient monotones, et, dans les grandes régions vides du dehors, lentement la lumière changeait ; elle semblait maintenant plus réelle. Ce qui avait été un crépuscule blême, une espèce de soir d'été hyperborée, devenait à présent, sans intermède de nuit, quelque chose comme une aurore, que tous les miroirs de la mer reflétaient en vagues traînées roses...

— C'est sûr que tu devrais te marier, Yann, dit tout à coup Sylvestre, avec beaucoup de sérieux cette fois, en regardant dans l'eau. (Il avait l'air de bien en connaître quelqu'une en Bretagne qui s'était laissé prendre aux yeux bruns de son grand frère, mais il se sentait timide en touchant à ce sujet grave.)

— Moi !... Un de ces jours, oui, je ferai mes noces — et il souriait, ce Yann, toujours dédaigneux, roulant ses yeux vifs — mais avec aucune des filles du pays ; non, moi, ce sera avec la mer, et je vous invite tous, ici tant que vous êtes, au bal que je donnerai...

Ils continuèrent de pêcher, car il ne fallait pas perdre son temps en causeries : on était au milieu d'une immense peuplade de poissons, d'un *banc* voyageur, qui, depuis deux jours, ne finissait pas de passer.

Ils avaient tous veillé la nuit d'avant et attrapé, en trente heures, plus de mille morues très grosses ; aussi leurs bras forts étaient las, et ils s'endormaient. Leur corps veillait seul, et continuait de lui-même sa manœuvre de pêche, tandis que, par instants, leur esprit flottait en plein sommeil. Mais cet air du large qu'ils respiraient était vierge comme aux premiers jours du monde, et si vivifiant que, malgré leur fatigue, ils se sentaient la poitrine dilatée et les joues fraîches.

La lumière matinale, la lumière vraie, avait fini par venir ; comme au temps de la Genèse, elle s'était *séparée d'avec les ténèbres* qui semblaient s'être tassées sur l'horizon, et restaient là en masses très lourdes ; en y voyant si clair, on s'apercevait bien à présent qu'on sortait de la nuit — que cette lueur d'avant avait été vague et étrange comme celle des rêves.

Dans le ciel très couvert, très épais, il y avait çà et là des déchirures, comme des percées dans un dôme, par où arrivaient de grands rayons couleur d'argent rose.

Les nuages inférieurs étaient disposés en une bande d'ombre intense, faisant tout le tour des eaux, emplissant les lointains d'indécision et d'obscurité. Ils donnaient l'illusion d'un espace fermé, d'une limite ; ils étaient comme des rideaux tirés sur l'infini, comme des voiles tendus pour cacher de trop gigantesques mystères qui eussent troublé l'imagination des hommes. Ce matin-là, autour du petit assemblage de planches qui portait Yann et Sylvestre, le monde changeant de dehors avait pris un aspect de recueillement immense ; il s'était arrangé en sanctuaire, et les gerbes de rayons, qui entraient par les traînées de cette voûte de temple, s'allongeaient en reflets sur l'eau immobile comme sur un parvis de marbre. Et puis, peu à peu, on vit s'éclairer très loin une autre chimère : une sorte de découpure rosée très haute, qui était un promontoire de la sombre Islande...

Les noces de Yann avec la mer !... Sylvestre y repensait, tout en continuant de pêcher sans plus oser rien dire. Il s'était senti triste en entendant le sacrement du mariage ainsi tourné en moquerie par son grand frère ; et puis surtout, cela lui avait fait peur, car il était superstitieux.

Depuis si longtemps il y songeait, à ces noces de Yann ! Il avait rêvé qu'elles se feraient avec Gaud Mével — une blonde de Paimpol — et que, lui, aurait la joie de voir cette fête avant de partir pour le service, avant cet exil de cinq années, au retour incertain, dont l'approche inévitable commençait à lui serrer le cœur...

Quatre heures du matin. Les autres, qui étaient restés couchés en bas, arrivèrent tous trois pour les relever. Encore un peu endormis, humant à pleine poitrine le grand air froid, ils montaient en achevant de mettre leurs longues bottes, et ils fermaient les yeux, éblouis d'abord par tous ces reflets de lumière pâle.

Alors Yann et Sylvestre firent rapidement leur premier déjeuner du matin avec des biscuits ; après les avoir cassés à coups de maillet, ils se mirent à les croquer d'une manière très bruyante, en riant de les trouver si durs. Ils étaient redevenus tout à fait gais à l'idée de descendre dormir, d'avoir bien chaud dans leurs couchettes, et, se tenant l'un l'autre par la taille, ils s'en allèrent jusqu'à l'écoutille, en se dandinant sur un air de vieille chanson.

Avant de disparaître par ce trou, ils s'arrêtèrent à jouer avec un certain Turc, le chien du bord, un terre-neuvien tout jeune, qui avait d'énormes pattes encore gauches et enfantines. Ils l'agaçaient de la main ; l'autre les mordillait comme un loup, et finit par leur faire du mal. Alors Yann, avec un froncement de colère dans ses yeux changeants, le repoussa d'un coup trop fort qui le fit s'aplatir et hurler.

Il avait le cœur bon, ce Yann, mais sa nature était restée un peu sauvage, et quand son être physique était seul en jeu, une caresse douce était souvent chez lui très près d'une violence brutale.

Leur navire s'appelait la *Marie*, capitaine Guermeur. Il allait chaque année faire la grande pêche dangereuse dans ces régions froides où les étés n'ont plus de nuits.

Il était très ancien, comme la Vierge de faïence sa patronne. Ses flancs épais, à vertèbres de chêne, étaient éraillés, rugueux, imprégnés d'humidité et de saumure ; mais sains encore et robustes, exhalant les senteurs vivifiantes du goudron. Au repos il avait un air lourd, avec sa membrure massive, mais quand les grandes brises d'ouest soufflaient, il retrouvait sa vigueur légère, comme les mouettes que le vent réveille. Alors il avait sa façon à lui de *s'élever à la lame* et de rebondir, plus lestement que bien des jeunes, taillés avec les finesses modernes.

Quant à eux, les six hommes et le mousse, ils étaient des *Islandais* (une race vaillante de marins qui est répandue surtout au pays de Paimpol et de Tréguier, et qui s'est vouée de père en fils à cette pêche-là).

Ils n'avaient presque jamais vu l'été de France.

A la fin de chaque hiver, ils recevaient avec les autres pêcheurs, dans le port de Paimpol, la bénédiction des départs. Pour ce jour de fête, un reposoir, toujours le même, était construit sur le quai ; il imitait une grotte en rochers et, au milieu, parmi des trophées d'ancres, d'avirons et de filets, trônait, douce et impassible, la Vierge, patronne des marins, sortie pour eux de son église, regardant toujours, de génération en génération, avec ses mêmes yeux sans vie, les heureux pour qui la saison allait être bonne — et les autres, ceux qui ne devaient pas revenir.

Le saint sacrement, suivi d'une procession lente de femmes et de mères, de fiancées et de sœurs, faisait le tour du port, où tous les navires islandais, qui s'étaient pavoisés, saluaient du pavillon au passage. Le prêtre, s'arrêtant devant chacun d'eux, disait les paroles et faisait les gestes qui bénissent.

Ensuite ils partaient tous, comme une flotte, laissant le pays presque vide d'époux, d'amants et de fils. En s'éloignant, les équipages chantaient ensemble, à pleines voix vibrantes, les cantiques de Marie Étoile-de-la-Mer.

Et chaque année, c'était le même cérémonial de départ, les mêmes adieux.

Après, recommençait la vie du large, l'isolement à trois ou quatre compagnons rudes, sur des planches mouvantes, au milieu des eaux froides de la mer hyperborée.

Jusqu'ici, on était revenu — la Vierge Étoile-de-la-Mer avait protégé ce navire qui portait son nom.

La fin d'août était l'époque de ces retours. Mais la *Marie* suivait l'usage de beaucoup d'Islandais, qui est de toucher seulement à Paimpol, et puis de descendre dans le golfe de Gascogne où l'on vend bien sa pêche, et dans les îles de sable à marais salants où l'on achète le sel pour la campagne prochaine.

Dans ces ports du Midi, que le soleil chauffe encore, se répandent pour quelques jours les équipages robustes, avides de plaisir, grisés par ce lambeau d'été, par cet air tiède ; — par la terre et par les femmes.

Et puis, avec les premières brumes de l'automne on rentre au foyer, à Paimpol ou dans les chaumières éparses du pays de Goëlo, s'occuper pour un temps de famille et d'amour, de mariages et de naissances. Presque toujours on trouve là des petits nouveau-nés, conçus l'hiver d'avant, et qui attendent des parrains pour recevoir le sacrement du baptême : il faut beaucoup d'enfants à ces races de pêcheurs que l'Islande dévore.

A Paimpol, un beau soir de cette année-là, un dimanche de juin, il y avait deux femmes très occupées à écrire une lettre.

Cela se passait devant une large fenêtre qui était ouverte et dont l'appui, en granit ancien et massif, portait une rangée de pots de fleurs.

Penchées sur leur table, toutes deux semblaient jeunes ; l'une avait une coiffe extrêmement grande, à la mode d'autrefois ; l'autre, une coiffe toute petite, de la forme nouvelle qu'ont adoptée les Paimpolaises : — deux amoureuses, eût-on dit, rédigeant ensemble un message tendre pour quelque bel *Islandais*.

Celle qui dictait — la grande coiffe — releva la tête, cherchant ses idées. Tiens ! elle était vieille, très vieille, malgré sa tournure jeunette, ainsi vue de dos sous un petit châle brun. Mais tout à fait vieille : une bonne grand-mère d'au moins soixante-dix ans. Encore jolie par exemple, et encore fraîche, avec les pommettes bien roses, comme certains vieillards ont le don de les conserver. Sa coiffe, très basse sur le front et sur le sommet de la tête, était composée de deux ou trois larges cornets en mousseline qui semblaient s'échapper les uns des autres et retombaient sur la nuque. Sa figure vénérable s'encadrait bien

dans toute cette blancheur et dans ces plis qui
avaient un air religieux. Ses yeux, très doux,
étaient pleins d'une bonne honnêteté. Elle n'avait
plus trace de dents, plus rien, et quand elle riait,
on voyait à la place ses gencives rondes qui
avaient un petit air de jeunesse. Malgré son menton, qui était devenu « en pointe de sabot »
(comme elle avait coutume de dire), son profil
n'était pas trop gâté par les années ; on devinait
encore qu'il avait dû être régulier et pur comme
celui des saintes d'église.

Elle regardait par la fenêtre, cherchant ce
qu'elle pourrait bien raconter de plus pour amuser son petit-fils.

Vraiment il n'existait pas ailleurs, dans tout le
pays de Paimpol, une autre bonne vieille comme
elle, pour trouver des choses aussi drôles à dire
sur les uns ou les autres, ou même sur rien du
tout. Dans cette lettre, il y avait déjà trois ou
quatre histoires impayables — mais sans la
moindre malice, car elle n'avait rien de mauvais
dans l'âme.

L'autre, voyant que les idées ne venaient plus,
s'était mise à écrire soigneusement l'adresse :

A monsieur Moan, Sylvestre, à bord de la Marie,
*capitaine Guermeur — dans la mer d'Islande par
Reykjavik.*

Après, elle aussi releva la tête pour demander :
— C'est-il fini, grand-mère Moan ?

Elle était bien jeune, celle-ci, adorablement
jeune, une figure de vingt ans. Très blonde —
couleur rare en ce coin de Bretagne où la race est
brune ; très blonde, avec des yeux d'un gris de lin
à cils presque noirs. Ses sourcils, blonds autant
que ses cheveux, étaient comme repeints au
milieu d'une ligne plus rousse, plus foncée, qui
donnait une expression de vigueur et de volonté.
Son profil, un peu court, était très noble, le nez
prolongeant la ligne du front avec une rectitude

absolue, comme dans les visages grecs. Une fos-
sette profonde, creusée sous la lèvre inférieure,
en accentuait délicieusement le rebord ; — et de
temps en temps, quand une pensée la préoccupait beaucoup, elle la mordait, cette lèvre, avec
ses dents blanches d'en haut, ce qui faisait courir
sous la peau fine des petites traînées plus rouges.
Dans toute sa personne svelte, il y avait quelque
chose de fier, de grave aussi un peu, qui lui venait
des hardis marins d'Islande ses ancêtres. Elle
avait une expression d'yeux à la fois obstinée et
douce.

Sa coiffe était en forme de coquille, descendait
bas sur le front, s'y appliquant presque comme
un bandeau, puis se relevant beaucoup des deux
côtés, laissant voir d'épaisses nattes de cheveux
roulées en colimaçon au-dessus des oreilles —
coiffure conservée des temps très anciens et qui
donne encore un air d'autrefois aux femmes
paimpolaises.

On sentait qu'elle avait été élevée autrement
que cette pauvre vieille à qui elle prêtait le nom
de grand-mère, mais qui, de fait, n'était qu'une
grand-tante éloignée, ayant eu des malheurs.

Elle était la fille de M. Mével un ancien Islandais, un peu forban, enrichi par des entreprises
audacieuses sur mer.

Cette belle chambre où la lettre venait de
s'écrire était la sienne : un lit tout neuf à la mode
des villes avec des rideaux en mousseline, une
dentelle au bord ; et, sur les épaisses murailles,
un papier de couleur claire atténuant les irrégu-
larités du granit. Au plafond, une couche de
chaux blanche recouvrait des solives énormes qui
révélaient l'ancienneté du logis ; — c'était une
vraie maison de bourgeois aisés, et les fenêtres
donnaient sur cette vieille place grise de Paimpol
où se tiennent les marchés et les pardons.

— C'est fini, grand-mère Yvonne ? Vous n'avez
plus rien à lui dire ?

— Non, ma fille, ajoute seulement, je te prie, le bonjour de ma part au fils Gaos.

Le fils Gaos !... autrement dit Yann... Elle était devenue très rouge, la belle jeune fille fière, en écrivant ce nom-là.

Dès que ce fut ajouté au bas de la page d'une écriture courue, elle se leva en détournant la tête, comme pour regarder dehors quelque chose de très intéressant sur la place.

Debout elle était un peu grande ; sa taille était moulée comme celle d'une élégante dans un corsage ajusté ne faisant pas de plis. Malgré sa coiffe, elle avait un air de demoiselle. Même ses mains, sans avoir cette excessive petitesse étiolée qui est devenue une beauté par convention, étaient fines et blanches, n'ayant jamais travaillé à de grossiers ouvrages.

Il est vrai, elle avait bien commencé par être une petite Gaud courant pieds nus dans l'eau, n'ayant plus de mère, allant presque à l'abandon pendant ces saisons de pêche, que son père passait en Islande ; jolie, rose, dépeignée, volontaire, têtue, poussant vigoureuse au grand souffle âpre de la Manche. En ce temps-là, elle était recueillie par cette pauvre grand-mère Moan, qui lui donnait Sylvestre à garder pendant ses dures journées de travail chez les gens de Paimpol.

Et elle avait une adoration de petite mère pour cet autre tout petit qui lui était confié, dont elle était l'aînée d'à peine dix-huit mois ; aussi brun qu'elle était blonde, aussi soumis et câlin qu'elle était vive et capricieuse.

Elle se rappelait ce commencement de sa vie, en fille que la richesse ni les villes n'avaient grisée : il lui revenait à l'esprit comme un rêve lointain de liberté sauvage, comme un ressouvenir d'une époque vague et mystérieuse où les grèves avaient plus d'espace, où certainement les falaises étaient plus gigantesques...

Vers cinq ou six ans, encore de très bonne heure pour elle l'argent étant venu à son père, qui s'était mis à acheter et à revendre des cargaisons de navire, elle avait été emmenée par lui à Saint-Brieuc, et plus tard à Paris.

— Alors, de petite Gaud, elle était devenue une *mademoiselle Marguerite*, grande, sérieuse, au regard grave. Toujours un peu livrée à elle-même dans un autre genre d'abandon que celui de la grève bretonne, elle avait conservé sa nature obstinée d'enfant. Ce qu'elle savait des choses de la vie lui avait été révélé bien au hasard, sans discernement aucun ; mais une dignité innée, excessive, lui avait servi de sauvegarde. De temps en temps elle prenait des allures de hardiesse, disant aux gens, bien en face, des choses trop franches qui surprenaient, et son beau regard clair ne s'abaissait pas toujours devant celui des jeunes hommes ; mais il était si honnête et si indifférent que ceux-ci ne pouvaient guère s'y méprendre, ils voyaient bien tout de suite qu'ils avaient affaire à une fille sage, fraîche de cœur autant que de figure.

Dans ces grandes villes, son costume s'était modifié beaucoup plus qu'elle-même. Bien qu'elle eût gardé sa coiffe, que les Bretonnes quittent difficilement, elle avait vite appris à s'habiller d'une autre façon. Et sa taille autrefois libre de petite pêcheuse, en se formant, en prenant la plénitude de ses beaux contours germés au vent de la mer, s'était amincie par le bas dans de longs corsets de demoiselle.

Tous les ans, avec son père, elle revenait en Bretagne — l'été seulement comme les baigneuses — retrouvant pour quelques jours ses souvenirs d'autrefois et son nom de Gaud (qui en breton veut dire Marguerite) ; un peu curieuse peut-être de voir ces Islandais dont on parlait tant, qui n'étaient jamais là, et dont chaque année quelques-uns de plus manquaient à l'appel ; entendant partout causer de cette Islande qui lui apparaissait comme un gouffre lointain — et où à présent celui qu'elle aimait...

Et puis un beau jour elle avait été ramenée pour tout à fait au pays de ces pêcheurs, par un caprice de son père, qui avait voulu finir là son existence et habiter comme un bourgeois sur cette place de Paimpol.

La bonne vieille grand-mère, pauvre et proprette, s'en alla en remerciant, dès que la lettre fut relue et l'enveloppe fermée. Elle demeurait assez loin, à l'entrée du pays de Ploubazlanec, dans un hameau de la côte, encore dans cette même chaumière où elle était née, où elle avait eu ses fils et ses petits-fils.

En traversant la ville, elle répondait à beaucoup de monde qui lui disait bonsoir : elle était une des anciennes du pays, débris d'une famille vaillante et estimée.

Par des miracles d'ordre et de soins, elle arrivait à paraître à peu près bien mise, avec de pauvres robes raccommodées, qui ne tenaient plus. Toujours ce petit châle brun de Paimpolaise, qui était sa tenue d'habillé et sur lequel retombaient depuis une soixantaine d'années les cornets de mousseline de ses grandes coiffes : son propre châle de mariage, jadis bleu, reteint pour les noces de son fils Pierre, et depuis ce temps-là ménagé pour les dimanches, encore bien présentable.

Elle avait continué de se tenir droite dans sa marche, pas du tout comme les vieilles ; et vraiment malgré ce menton un peu trop remonté, avec ces yeux si bons et ce profil si fin, on ne pouvait s'empêcher de la trouver bien jolie.

Elle était très respectée, et cela se voyait, rien que dans les bonsoirs que les gens lui donnaient.

En route elle passa devant chez son *galant,* un vieux soupirant d'autrefois, menuisier de son état ; octogénaire, qui maintenant se tenait toujours assis devant sa porte tandis que les jeunes, ses fils, rabotaient aux établis. — Jamais il ne s'était consolé, disait-on, de ce qu'elle n'avait voulu de lui ni en premières ni en secondes noces ; mais avec l'âge, cela avait tourné en une espèce de rancune comique, moitié maligne, et il l'interpellait toujours :

— Eh bien ! la belle, quand ça donc qu'il faudra aller vous *prendre mesure ?...*

Elle remercia, disant que non, qu'elle n'était pas encore décidée à se faire faire ce costume-là. Le fait est que ce vieux, dans sa plaisanterie un peu lourde, parlait de certain costume en planches de sapin par lequel finissent tous les habillements terrestres...

— Allons, quand vous voudrez, alors ; mais ne vous gênez pas, la belle, vous savez...

Il lui avait déjà fait cette même facétie plusieurs fois. Et aujourd'hui elle avait peine à en rire : c'est qu'elle se sentait plus fatiguée, plus cassée par sa vie de labeur incessant — et elle songeait à son cher petit-fils, son dernier, qui, à son retour d'Islande, allait partir pour le service. — Cinq années !... S'en aller en Chine peut-être, à la guerre !... Serait-elle bien là, quand il reviendrait ? — Une angoisse la prenait à cette pensée... Non décidément, elle n'était pas si gaie qu'elle en avait l'air, cette pauvre vieille, et voici que sa figure se contractait horriblement comme pour pleurer...

C'était donc, possible cela, c'était donc vrai, qu'on allait bientôt le lui enlever, ce dernier petit-fils... Hélas ! mourir peut-être toute seule, sans l'avoir revu... On avait bien fait quelques démarches (des messieurs de la ville qu'elle Connaissait) pour l'empêcher de partir, comme

soutien d'une grand-mère presque indigente qui
ne pourrait bientôt plus travailler. Cela n'avait
pas réussi — à cause de l'autre, Jean Moan le
déserteur, un frère aîné de Sylvestre dont on ne
parlait plus dans la famille, mais qui existait tout
de même quelque part en Amérique, enlevant à
son cadet le bénéfice de l'exemption militaire. Et
puis on avait objecté sa petite pension de veuve
de marin ; on ne l'avait pas trouvée assez pauvre.

Quand elle fut rentrée, elle dit longuement ses
prières, pour tous ses défunts, fils et petit-fils ;
ensuite elle pria aussi, avec une confiance
ardente, pour son petit Sylvestre, et essaya de
s'endormir, songeant au costume en planches, le
cœur affreusement serré de se sentir si vieille au
moment de ce départ...

L'autre, la jeune fille, était restée assise près de
sa fenêtre, regardant sur le granit des murs les
reflets jaunes du couchant, et, dans le ciel, les
hirondelles noires qui tournoyaient. Paimpol
était toujours très mort, même le dimanche, par
ces longues soirées de mai ; des jeunes filles, qui
n'avaient seulement personne pour leur faire un
peu la cour, se promenaient deux par deux, trois
par trois, rêvant aux galants d'Islande...

« ... Le bonjour de ma part au fils Gaos... » Cela
l'avait beaucoup troublée d'écrire cette phrase et
ce nom qui, à présent, ne voulait plus la quitter.

Elle passait souvent ses soirées à cette fenêtre,
comme une demoiselle. Son père n'aimait pas
beaucoup qu'elle se promenât avec les autres
filles de son âge et qui, autrefois, avaient été de sa
condition. Et puis, en sortant du café, quand il
faisait les cent pas en fumant sa pipe avec
d'autres anciens marins comme lui, il était
content d'apercevoir là-haut, à sa fenêtre enca-
drée de granit, entre les pots de fleurs, sa fille
installée dans cette maison de riches

Le fils Gaos !... Elle regardait malgré elle du côté de la mer, qu'on ne voyait pas, mais qu'on sentait là tout près, au bout de ces petites ruelles par où remontaient des bateliers. Et sa pensée s'en allait dans les infinis de cette chose toujours attirante, qui fascine et qui dévore ; sa pensée s'en allait là-bas, très loin dans les mers polaires, où naviguait la *Marie, capitaine Guermeur*.

Quel étrange garçon que ce fils Gaos !... fuyant, insaisissable maintenant, après s'être avancé d'une manière à la fois si osée et si douce.

Ensuite, dans sa longue rêverie, elle repassait les souvenirs de son retour en Bretagne, qui était de l'année dernière.

Un matin de décembre, après une nuit de voyage, le train venant de Paris les avait déposés, son père et elle, à Guingamp, au petit jour brumeux et blanchâtre, très froid, frisant encore l'obscurité. Alors elle avait été saisie par une impression inconnue : cette vieille petite ville, qu'elle n'avait jamais traversée qu'en été, elle ne la reconnaissait plus ; elle y éprouvait comme la sensation de plonger tout à coup dans ce qu'on appelle, à la campagne : *les temps* — les temps lointains du passé. Ce silence, après Paris ! Ce train de vie tranquille de gens d'un autre monde, allant dans la brume à leurs toutes petites affaires ! Ces vieilles maisons en granit sombre, noires d'humidité et d'un reste de nuit ; toutes ces choses bretonnes — qui la charmaient à présent qu'elle aimait Yann — lui avaient paru ce matin-là d'une tristesse bien désolée. Des ménagères matineuses ouvraient déjà leurs portes, et, en passant, elle regardait dans ces intérieurs anciens, à grande cheminée, où se tenaient assises, avec des poses de quiétude, des aïeules en coiffe qui venaient de se lever. Dès qu'il avait fait un peu plus jour, elle était entrée dans l'église

pour dire ses prières. Et comme elle lui avait
semblé immense et ténébreuse, cette nef magnifique — et différente des églises parisiennes, avec
ses piliers rudes usés à la base par les siècles, sa
senteur de caveau, de vétusté, de salpêtre ! Dans
un recul profond, derrière des colonnes, un
cierge brûlait, et une femme se tenait agenouillée
devant, sans doute pour faire un vœu ; la lueur de
cette flammèche grêle se perdait dans le vide
incertain des voûtes... Elle avait retrouvé là tout à
coup, en elle-même, la trace d'un sentiment bien
oublié : cette sorte de tristesse et d'effroi qu'elle
éprouvait jadis, étant toute petite, quand on la
menait à la première messe des matins d'hiver,
dans l'église de Paimpol.

Ce Paris, elle ne le regrettait pourtant pas, bien
sûr, quoiqu'il y eût là beaucoup de choses belles
et amusantes. D'abord, elle s'y trouvait presque à
l'étroit, ayant dans les veines ce sang des cou-
reurs de mer. Et puis, elle s'y sentait une étrangère, une déplacée : les Parisiennes, c'étaient ces
femmes dont la taille mince avait aux reins une
cambrure artificielle, qui connaissaient une
manière à part de marcher, de se trémousser
dans des gaines baleinées : et elle était trop intel-
ligente pour avoir jamais essayé de copier de plus
près ces choses. Avec ses coiffes, commandées
chaque année à la faiseuse de Paimpol, elle se
trouvait mal à l'aise dans les rues de Paris, ne se
rendant pas compte que, si on se retournait tant
pour la voir, c'est qu'elle était très charmante à
regarder.

Il y en avait, de ces Parisiennes, dont les allures
avaient une distinction qui l'attirait, mais elle les
savait inaccessibles, celles-là. Et les autres, celles
de plus bas, qui auraient consenti à lier connaissance, elle les tenait dédaigneusement à l'écart,
ne les jugeant pas dignes. Elle avait donc vécu
sans amies, presque sans autre société que celle

de son père, souvent affairé, absent. Elle ne regrettait pas cette vie de dépaysement et de solitude.

Mais c'est égal, ce jour d'arrivée, elle avait été surprise d'une façon pénible par l'âpreté de cette Bretagne, revue en plein hiver. Et la pensée qu'il faudrait faire encore quatre ou cinq heures de voiture, s'enfouir beaucoup plus avant dans ce pays morne pour arriver à Paimpol, l'avait inquiétée comme une oppression.

Tout l'après-midi de ce même jour gris, ils avaient en effet voyagé, son père et elle, dans une vieille petite diligence crevassée, ouverte à tous les vents ; passant à la nuit tombante dans des villages tristes, sous des fantômes d'arbres suant la brume en gouttelettes fines. Bientôt, il avait fallu allumer les lanternes ; alors on n'avait plus rien vu — que deux traînées d'une nuance bien verte de feu de Bengale qui semblaient courir de chaque côté en avant des chevaux, et qui étaient les lueurs de ces deux lanternes jetées sur les interminables haies du chemin. — Comment tout à coup cette verdure, si verte, en décembre ?... D'abord étonnée, elle se pencha pour mieux voir, puis il lui sembla reconnaître et se rappeler : les ajoncs, les éternels ajoncs marins des sentiers et des falaises, qui ne jaunissent jamais dans le Pays de Paimpol. En même temps commençait à souffler une brise plus tiède, qu'elle croyait reconnaître aussi, et qui sentait la mer...

Vers la fin de la route, elle avait été tout à fait réveillée et amusée par cette réflexion qui lui était venue :

— Tiens, puisque nous sommes en hiver, je vais les voir, cette fois, les beaux pêcheurs d'Islande.

En décembre, ils devaient être là, revenus tous, les frères, les fiancés, les amants, les cousins, dont ses amies, grandes et petites, l'entretenaient

tant, à chacun de ses voyages d'été, pendant les
promenades du soir. Et cette idée l'avait tenue
occupée, pendant que ses pieds se glaçaient dans
l'immobilité de la carriole...

En effet, elle les avait vus... et maintenant son
cœur lui avait été pris par l'un d'eux...

4

La première fois qu'elle l'avait aperçu, lui, ce Yann, c'était le lendemain de son arrivée, au *pardon des Islandais*, qui est le 8 décembre, jour de la Notre-Dame de Bonne-Nouvelle, patronne des pêcheurs — un peu après la procession, les rues sombres encore tendues de draps blancs sur lesquels étaient piqués du lierre et du houx, des feuillages et des fleurs d'hiver.

A ce pardon, la joie était lourde et un peu sauvage, sous un ciel triste. Joie sans gaîté, qui était faite surtout d'insouciance et de défi ; de vigueur physique et d'alcool ; sur laquelle pesait, moins déguisée qu'ailleurs, l'universelle menace de mourir.

Grand bruit dans Paimpol ; sons de cloches et chants de prêtres. Chansons rudes et mono-tones dans les cabarets ; vieux airs à bercer les matelots ; vieilles complaintes venues de la mer, venues je ne sais d'où, de la profonde nuit des temps. Groupes de marins se donnant le bras, zigzaguant dans les rues, par habitude de rouler et par commencement d'ivresse, jetant aux femmes des regards plus vifs après les longues continences du large. Groupes de filles en coiffes blanches de nonnain, aux belles poi-trines serrées et frémissantes, aux beaux yeux

remplis des désirs de tout un été. Vieilles maisons de granit enfermant ce grouillement de
monde ; vieux toits racontant leurs luttes de
plusieurs siècles contre les vents d'ouest, contre
les embruns, les pluies, contre tout ce que lance
la mer ; racontant aussi des histoires chaudes
qu'ils ont abritées, des aventures anciennes
d'audace et d'amour.

Et un sentiment religieux, une impression de
passé, planant sur tout cela, avec un respect du
culte antique, des symboles qui protègent, de la
Vierge blanche et immaculée. A côté des cabarets, l'église au perron semé de feuillages, tout
ouverte en grande baie sombre, avec son odeur
d'encens, avec ses cierges dans son obscurité, et
ses ex-voto de marins partout accrochés à la
sainte voûte. A côté des filles amoureuses, les
fiancées de matelots disparus, les veuves de
naufragés, sortant des chapelles des morts, avec
leurs longs châles de deuil et leurs petites
coiffes lisses ; les yeux à terre, silencieuses, passant au milieu de ce bruit de vie, comme un
avertissement noir. Et là tout près, la mer toujours, la grande nourrice et la grande dévorante
de ces générations vigoureuses, s'agitant elle
aussi, faisant son bruit, prenant sa part de la
fête...

De toutes ces choses ensemble, Gaud recevait
l'impression confuse. Excitée et rieuse, avec le
cœur serré dans le fond, elle sentait une espèce
d'angoisse la prendre, à l'idée que ce pays maintenant était redevenu le sien pour toujours. Sur
la place, où il y avait des jeux et des saltim-
banques, elle se promenait avec ses amies qui
lui nommaient, de droite et de gauche, les
jeunes hommes de Paimpol ou de Ploubazlanec. Devant des chanteurs de complaintes, un
groupe de ces « Islandais » était arrêté, tournant le dos. Et d'abord, frappée par l'un deux

qui avait une taille de géant et des épaules presque larges, elle avait simplement dit, même avec une nuance de moquerie :

— En voilà un qui est grand !

Il y avait à peu près ceci de sous-entendu dans sa phrase :

— Pour celle qui l'épousera quel encombrement dans son ménage, un mari de cette carrure !

Lui s'était retourné comme s'il l'eût entendue et, de la tête aux pieds, il l'avait enveloppée d'un regard rapide qui semblait dire :

— Quelle est celle-ci qui porte la coiffe de Paimpol, et qui est si élégante et que je n'ai jamais vue ?

Et puis, ses yeux s'étaient abaissés vite, par politesse, et il avait de nouveau paru très occupé des chanteurs, ne laissant plus voir de sa tête que les cheveux noirs, qui étaient assez longs et très bouclés derrière, sur le cou.

Ayant demandé sans gêne le nom d'une quantité d'autres, elle n'avait pas osé pour celui-là. Ce beau profil à peine aperçu ; ce regard superbe et un peu farouche ; ces prunelles brunes légèrement fauves, courant très vite sur l'opale bleuâtre de ses yeux, tout cela l'avait impressionnée et intimidée aussi.

Justement c'était ce « fils Gaos » dont elle avait entendu parler chez les Moan comme d'un grand ami de Sylvestre ; le soir de ce même pardon, Sylvestre et lui, marchant bras dessus bras dessous, les avaient croisés, son père et elle, et s'étaient arrêtés pour dire bonjour...

... Ce petit Sylvestre, il était tout de suite redevenu pour elle une espèce de frère. Comme des cousins qu'ils étaient, ils avaient continué de se tutoyer — il est vrai, elle avait hésité d'abord, devant ce grand garçon de dix-sept ans ayant déjà une barbe noire ; mais, comme ses

bons yeux d'enfant si doux n'avaient guère
changé, elle l'avait bientôt assez reconnu pour
s'imaginer ne l'avoir jamais perdu de vue.
Quand il venait à Paimpol, elle le retenait à
dîner le soir ; c'était sans conséquence, et il
mangeait de très bon appétit, étant un peu privé
chez lui...

... A vrai dire, ce Yann n'avait pas été très
galant pour elle, pendant cette première pré-
sentation — au détour d'une petite rue grise
toute jonchée de rameaux verts. Il s'était borné
à lui ôter son chapeau, d'un geste presque
timide bien que très noble ; puis l'ayant parcou-
rue de son même regard rapide, il avait
détourné les yeux d'un autre côté, paraissant
être mécontent de cette rencontre et avoir hâte
de passer son chemin. Une grande brise
d'ouest, qui s'était levée pendant la procession,
avait semé par terre des rameaux de buis et jeté
sur le ciel des tentures gris noir... Gaud, dans sa
rêverie de souvenir, revoyait très bien tout cela :
cette tombée triste de la nuit sur cette fin de
pardon ; ces draps blancs piqués de fleurs qui
se tordaient au vent le long des murailles ; ces
groupes tapageurs d'« Islandais », gens de vent
et de tempête, qui entraient en chantant dans
les auberges, se garant contre la pluie prochaine ; surtout ce grand garçon, planté debout
devant elle, détournant la tête, avec un air
ennuyé et troublé de l'avoir rencontrée... Quel
changement profond s'était fait en elle depuis
cette époque !...

Et quelle différence entre le bruit de cette fin
de fête et la tranquillité d'à présent ! Comme ce
même Paimpol était silencieux et vide ce soir,
pendant le long crépuscule tiède de mai qui la
retenait à sa fenêtre, seule, songeuse et éna-
mourée !...

5

La seconde fois qu'ils s'étaient vus, c'était à des noces. Ce fils Gaos avait été désigné pour lui donner le bras. D'abord elle s'était imaginé en être contrariée : défiler dans la rue avec ce garçon, que tout le monde regarderait à cause de sa haute taille, et qui du reste ne saurait probablement rien lui dire en route !... Et puis l'intimidait, celui-là, décidément, avec son grand air sauvage.

A l'heure dite, tout le monde étant déjà réuni pour le cortège, ce Yann n'avait point paru. Le temps passait, il ne venait pas, et déjà on parlait de ne point l'attendre. Alors elle s'était aperçue que, pour lui seul, elle avait fait toilette ; avec n'importe quel autre de ces jeunes hommes, la fête, le bal, seraient pour elle manqués et sans plaisir...

A la fin il était arrivé, en belle tenue lui aussi, s'excusant sans embarras auprès des parents de la mariée. Voilà : de grands bancs de poissons, qu'on n'attendait pas du tout, avaient été signalés d'Angleterre comme devant passer le soir, un peu au large d'Aurigny ; alors tout ce qu'il y avait de bateaux dans Ploubazlanec avait appareillé en hâte. Un émoi dans les villages, les femmes cherchant leurs maris dans les cabarets, les poussant pour les faire courir ; se démenant elles-mêmes pour hisser les voiles, aider à la manœuvre, enfin un vrai *branle-bas* dans le pays...

Au milieu de tout ce monde qui l'entourait, il racontait avec une extrême aisance ; avec des gestes à lui, des roulements d'yeux, et un beau sourire qui découvrait ses dents brillantes. Pour exprimer mieux la précipitation des appareillages, il jetait de temps en temps au milieu de ses phrases un certain petit *hou !* prolongé, très drôle — qui est un cri de matelot donnant une idée de vitesse et ressemblant au son flûté du vent. Lui qui parlait avait été obligé de se chercher un remplaçant bien vite et de le faire accepter par le patron de la barque auquel il s'était loué pour la saison d'hiver. De là venait son retard, et, pour n'avoir pas voulu manquer les noces, il allait perdre toute sa part de pêche.

Ces motifs avaient été parfaitement compris par les pêcheurs qui l'écoutaient et personne n'avait songé à lui en vouloir ; — on sait bien, n'est-ce pas ? que, dans la vie, tout est plus ou moins dépendant des choses imprévues de la mer, plus ou moins soumis aux changements du temps et aux migrations mystérieuses des poissons. Les autres Islandais qui étaient là regrettaient seulement de n'avoir pas été avertis assez tôt pour profiter, comme ceux de Ploubazlanec, de cette fortune qui allait passer au large.

Trop tard à présent, tant pis, il n'y avait plus qu'à offrir son bras aux filles. Les violons commençaient dehors leur musique et gaîment on s'était mis en route.

D'abord il ne lui avait dit que ces galanteries sans portée, comme on en conte pendant les fêtes de mariage aux jeunes filles que l'on connaît peu. Parmi ces couples de la noce, eux

seuls étaient des étrangers l'un pour l'autre ;
ailleurs dans le cortège, ce n'étaient que cousins
et cousines, fiancés et fiancées. Des amants, il y
en avait bien quelques paires aussi ; car, dans
ce pays de Paimpol, on va très loin en amour, à
l'époque de la rentrée d'Islande. (Seulement on
a le cœur honnête, et l'on s'épouse après.)

Mais le soir, pendant qu'on dansait, la causerie étant revenue entre eux deux sur ce grand
passage de poissons, il lui avait dit brusquement, la regardant dans les yeux en plein, cette
chose inattendue :

— Il n'y a que vous dans Paimpol — et même
dans le monde — pour m'avoir fait manquer cet
appareillage ; non, sûr que pour aucune autre,
je ne me serais dérangé de ma pêche, mademoiselle Gaud...

Étonnée d'abord que ce pêcheur osât lui parler ainsi, à elle qui était venue à ce bal un peu
comme une reine, et puis charmée délicieusement, elle avait fini par répondre :

— Je vous remercie, monsieur Yann ; et moi-
même, je préfère être avec vous qu'avec aucun
autre.

Ç'avait été tout. Mais, à partir de ce moment
jusqu'à la fin des danses, ils s'étaient mis à se
parler d'une façon différente, à voix plus basse
et plus douce...

On dansait à la vielle, au violon, les mêmes
couples presque toujours ensemble. Quand lui
venait la reprendre, après avoir par convenance
dansé avec quelque autre, ils échangeaient un
sourire d'amis qui se retrouvent et continuaient
leur conversation d'avant qui était très intime.
Naïvement, Yann racontait sa vie de pêcheur,
ses fatigues, ses salaires, les difficultés d'autrefois chez ses parents, quand il avait fallu élever
les quatorze petits Gaos dont il était le frère
aîné. — A présent, ils étaient tirés de la peine,

surtout à cause d'une épave que leur père avait
rencontrée en Manche, et dont la vente leur
avait rapporté dix mille francs, part faite à
l'État ; cela avait permis de construire un premier étage au-dessus de leur maison — laquelle
était à la pointe du pays de Ploubazlanec, tout
au bout des terres, au hameau de Pors-Even,
dominant la Manche, avec une vue très belle.

— C'était dur, disait-il, ce métier d'Islande :
partir comme ça dès le mois de février, pour un
tel pays, où il fait si froid et si sombre, avec une
mer si mauvaise...

... Toute leur conversation du bal, Gaud, qui
se la rappelait comme chose d'hier, la repassait
lentement dans sa mémoire, en regardant la
nuit de mai tomber sur Paimpol. S'il n'avait pas
eu des idées de mariage, pourquoi lui aurait-il
appris tous ces détails d'existence, qu'elle avait
écoutés un peu comme fiancée ? Il n'avait pourtant pas l'air d'un garçon banal aimant à
communiquer ses affaires à tout le monde...

— ... Le métier est assez bon tout de même,
avait-il dit, et, pour moi, je n'en changerais
toujours pas. Des années, c'est huit cents
francs ; d'autres fois douze cents, que l'on me
donne au retour et que je porte à notre mère.

— Que vous portez à votre mère, monsieur
Yann ?

— Mais oui, toujours tout. Chez nous, les
Islandais, c'est l'habitude comme ça, mademoiselle Gaud. (Il disait cela comme une chose
bien due et toute naturelle.) Ainsi, moi, vous ne
croiriez pas, je n'ai presque jamais d'argent. Le
dimanche c'est notre mère qui m'en donne un
peu quand je viens à Paimpol. Pour tout c'est la
même chose. Ainsi, cette année, notre père m'a
fait faire ces habits neufs que je porte, sans
quoi je n'aurais jamais voulu venir aux noces ;
oh ! non, sûr, je ne serais pas venu vous donner
le bras avec mes habits de l'an dernier.

Pour elle, accoutumée à voir des Parisiens, ils n'étaient peut-être pas très élégants, ces habits neufs d'Yann, cette veste très courte, ouverte sur un gilet d'une forme un peu ancienne ; mais le torse qui se moulait dessous était irréprochablement beau, et alors le danseur avait grand air tout de même.

En souriant, il la regardait bien dans les yeux, chaque fois qu'il avait dit quelque chose, pour voir ce qu'elle en pensait. Et comme son regard restait bon et honnête, tandis qu'il racontait tout cela pour qu'elle fût bien prévenue qu'il n'était pas riche !

Elle aussi lui souriait, en le regardant toujours bien en face ; répondant très peu de chose, mais écoutant avec toute son âme, toujours plus étonnée et attirée vers lui. Quel mélange il était, de rudesse sauvage et d'enfantillage câlin ! Sa voix grave, qui avec d'autres était brusque et décidée, devenait, quand il lui parlait, de plus en plus fraîche et caressante ; pour elle seule, il savait la faire vibrer avec une extrême douceur, comme une musique voilée d'instruments à cordes.

Et quelle chose singulière et inattendue, ce grand garçon avec ses allures désinvoltes, son aspect terrible, toujours traité chez lui en petit enfant et trouvant cela naturel ; ayant couru le monde, toutes les aventures, tous les dangers, et conservant pour ses parents cette soumission respectueuse, absolue.

Elle le comparait avec d'autres, avec trois ou quatre freluquets de Paris, commis, écrivassiers ou je ne sais quoi, qui l'avaient poursuivie de leurs adorations, pour son argent. Et celui-ci lui semblait être ce qu'elle avait connu de meilleur, en même temps qu'il était le plus beau.

Pour se mettre davantage à sa portée, elle avait raconté que, chez elle aussi, on ne s'était

pas toujours trouvé à l'aise comme à présent ;
que son père avait commencé par être pêcheur
d'Islande ; et gardait beaucoup d'estime pour
les Islandais ; qu'elle-même se rappelait avoir
couru pieds nus, étant toute petite — sur la
grève — après la mort de sa pauvre mère...

... Oh ! cette nuit de bal, la nuit délicieuse,
décisive et unique dans sa vie — elle était déjà
presque lointaine, puisqu'elle datait de
décembre et qu'on était en mai. Tous les beaux
danseurs d'alors pêchaient à présent là-bas,
épars sur la mer d'Islande — y voyant clair, au
pâle soleil, dans leur solitude immense, tandis
que l'obscurité se faisait tranquillement sur la
terre bretonne.

Gaud restait à sa fenêtre. La place de Paimpol, presque fermée de tous côtés par des maisons antiques, devenait de plus en plus triste
avec la nuit ; on n'entendait guère de bruit nulle
part. Au-dessus des maisons, le vide encore
lumineux du ciel semblait se creuser, s'élever,
se séparer davantage des choses terrestres —
qui maintenant, à cette heure crépusculaire, se
tenaient toutes en une seule découpure noire de
pignons et de vieux toits. De temps en temps
une porte se fermait, ou une fenêtre ; quelque
ancien marin, à la démarche roulante, sortait
d'un cabaret, s'en allait par les petites rues
sombres ; ou bien quelques filles attardées rentraient de la promenade avec des bouquets de
fleurs de mai. Une, qui connaissait Gaud, en lui
disant bonsoir, leva bien haut vers elle au bout
de son bras une gerbe d'aubépine comme pour
la lui faire sentir ; on voyait encore un peu dans
l'obscurité transparente ces légères touffes de
fleurettes blanches. Il y avait du reste une autre
odeur douce qui était montée des jardins et des
cours, celle des chèvrefeuilles fleuris sur le granit des murs — et aussi une vague senteur de

goémon, venue du port. Les dernières chauves-souris glissaient dans l'air, d'un vol silencieux, comme les bêtes des rêves.

Gaud avait passé bien des soirées à cette fenêtre, regardant cette place mélancolique, songeant aux Islandais qui étaient partis, et toujours à ce même bal...

...Il faisait très chaud sur la fin de ces noces, et beaucoup de têtes de valseurs commençaient à tourner. Elle se le rappelait, lui, dansant avec d'autres, des filles ou des femmes dont il avait dû être plus ou moins l'amant ; elle se rappelait sa condescendance dédaigneuse pour répondre à leurs appels... Comme il était différent avec celles-là !...

Il était un charmant danseur, droit comme un chêne de futaie, et tournant avec une grâce à la fois légère et noble, la tête rejetée en arrière. Ses cheveux bruns, qui étaient en boucles, retombaient un peu sur son front et remuaient au vent des danses ; Gaud, qui était assez grande, en sentait le frôlement sur sa coiffe, quand il se penchait vers elle pour mieux la tenir pendant les valses rapides.

De temps en temps, il lui montrait d'un signe sa petite sœur Marie et Sylvestre, les deux fiancés, qui dansaient ensemble. Il riait, d'un air très bon, en les voyant tous deux si jeunes, si réservés l'un près de l'autre, se faisant des révérences, prenant des figures timides pour se dire bien bas des choses sans doute très aimables. Il n'aurait pas permis qu'il en fût autrement, bien sûr ; mais c'est égal, il s'amusait, lui, coureur et entreprenant qu'il était devenu, de les trouver si naïfs ; il échangeait alors avec Gaud des sourires d'intelligence intime qui disaient : « Comme ils sont gentils et drôles à regarder, *nos* deux petits frères !... »

On s'embrassait beaucoup à la fin de la nuit :

baisers de cousins, baisers de fiancés, baisers
d'amants, qui conservaient malgré tout un bon
air franc et honnête, là, à pleine bouche, et
devant tout le monde. Lui ne l'avait pas embrassée, bien entendu ; on ne se permettait pas cela
avec la fille de M. Mével ; peut-être seulement la
serrait-il un peu plus contre sa poitrine, pendant ces valses de la fin, et elle, confiante, ne
résistait pas, s'appuyait au contraire, s'étant
donnée de toute son âme. Dans ce vertige subit,
profond, délicieux, qui l'entraînait tout entière
vers lui, ses sens de vingt ans étaient bien pour
quelque chose, mais c'était son cœur qui avait
commencé le mouvement.

— Avez-vous vu cette effrontée, comme elle
le regarde ? disaient deux ou trois belles filles,
aux yeux chastement baissés sous des cils
blonds ou noirs, et qui avaient parmi les danseurs un amant pour le moins ou bien deux. En
effet elle le regardait beaucoup, mais elle avait
cette excuse, c'est qu'il était le premier, l'unique
des jeunes hommes à qui elle eût jamais fait
attention dans sa vie.

En se quittant le matin, quand tout le monde
était parti à la débandade, au petit jour glacé,
ils s'étaient dit adieu d'une façon à part, comme
deux promis qui vont se retrouver pas dans le
lendemain. Et alors, pour rentrer, elle avait tra-
versé cette même place avec son père, nulle-
ment fatiguée, se sentant alerte et joyeuse, ravie
de respirer, aimant cette brume gelée du dehors
et cette aube triste, trouvant tout exquis et tout
suave.

... La nuit de mai était tombée depuis longtemps ; les fenêtres s'étaient toutes peu à peu
fermées, avec de petits grincements de leurs
ferrures. Gaud restait toujours là, laissant la
sienne ouverte. Les rares derniers passants, qui
distinguaient dans le noir la forme blanche de

sa coiffe, devaient dire : « Voilà une fille qui, pour sûr, rêve à son galant. » Et c'était vrai, qu'elle y rêvait — avec une envie de pleurer par exemple ; ses petites dents blanches mordaient ses lèvres, défaisaient constamment ce pli qui soulignait en bas le contour de sa bouche fraîche. Et ses yeux restaient fixes dans l'obscurité, ne regardant rien des choses réelles...

... Mais, après ce bal, pourquoi n'était-il pas revenu ? Quel changement en lui ? Rencontré par hasard, il avait l'air de la fuir, en détournant ses yeux dont les mouvements étaient toujours si rapides.

Souvent elle en avait causé avec Sylvestre, qui ne comprenait pas non plus :

— C'est pourtant bien avec celui-là que tu devrais te marier, Gaud, disait-il, si ton père le permettait, car tu n'en trouverais pas dans le pays un autre qui le vaille. D'abord je te dirai qu'il est très sage, sans en avoir l'air ; c'est fort rare quand il se grise. Il fait bien un peu son têtu quelquefois, mais dans le fond il est tout à fait doux. Non, tu ne peux pas savoir comme il est bon. Et un marin ! à chaque saison de pêche les capitaines se disputent pour l'avoir...

La permission de son père, elle était bien sûre de l'obtenir, car jamais elle n'avait été contrariée dans ses volontés. Cela lui était donc bien égal qu'il ne fût pas riche. D'abord, un marin comme ça, il suffirait d'un peu d'argent d'avance pour lui faire suivre six mois les cours de cabotage, et il deviendrait un capitaine à qui tous les armateurs voudraient confier des navires.

Cela lui était égal aussi qu'il fût un peu un géant ; être trop fort, ça peut devenir un défaut chez une femme, mais pour un homme cela ne nuit pas du tout à la beauté.

Par ailleurs elle s'était informée, sans en

avoir l'air, auprès des filles du pays qui savaient toutes les histoires d'amour : on ne lui connaissait point d'engagements ; sans paraître tenir à l'une plus qu'à l'autre, il allait de droite et de gauche, à Lézardrieux aussi bien qu'à Paimpol, auprès des belles qui avaient envie de lui.

Un soir de dimanche, très tard, elle l'avait vu passer sous ses fenêtres, reconduisant et serrant de près une certaine Jeannie Caroff, qui était jolie assurément, mais dont la réputation était fort mauvaise. Cela, par exemple, lui avait fait un mal cruel.

On lui avait assuré aussi qu'il était très emporté ; qu'étant gris un soir, dans un certain café de Paimpol où les Islandais font leurs fêtes, il avait lancé une grosse table en marbre au travers d'une porte qu'on ne voulait pas lui ouvrir...

Tout cela, elle le lui pardonnait : on sait bien Comment sont les marins, quelquefois, quand ça les prend... Mais, s'il avait le cœur bon, pourquoi était-il venu la chercher, elle qui ne songeait à rien, pour la quitter après ; quel besoin avait-il eu de la regarder toute une nuit, avec ce beau sourire qui semblait si franc, et de prendre cette voix douce pour lui faire des confidences comme à une fiancée ? A présent elle était incapable de s'attacher à un autre et de changer. Dans ce même pays, autrefois. quand elle était tout à fait une enfant, on avait coutume de lui dire pour la gronder qu'elle était une mauvaise petite, entêtée dans ses idées comme aucune autre ; cela lui était resté. Belle demoiselle à présent, un peu sérieuse et hautaine d'allures, que personne n'avait façonnée, elle demeurait dans le fond toute pareille.

Après ce bal, l'hiver dernier s'était passé dans cette attente de le revoir, et il n'était même pas venu lui dire adieu avant le départ d'Islande.

Maintenant qu'il n'était plus là, rien n'existait pour elle ; le temps ralenti semblait se traîner — jusqu'à ce retour d'automne pour lequel elle avait formé ses projets d'en avoir le cœur net et d'en finir...

... Onze heures à l'horloge de la mairie — avec cette sonorité particulière que les cloches prennent pendant les nuits tranquilles des printemps.

A Paimpol, onze heures, c'est très tard ; alors Gaud ferma sa fenêtre et alluma sa lampe pour se coucher...

Chez ce Yann, peut-être bien était-ce seulement de la sauvagerie ; ou, comme lui aussi était fier, était-ce la peur d'être refusé, la croyant trop riche ?... Elle avait déjà voulu le lui demander elle-même tout simplement ; mais c'était Sylvestre qui avait trouvé que ça ne pouvait pas se faire, que ce ne serait pas très bien pour une jeune fille de paraître si hardie. Dans Paimpol, on critiquait déjà son air et sa toilette...

... Elle enlevait ses vêtements avec la lenteur distraite d'une fille qui rêve : d'abord sa coiffe de mousseline, puis sa robe élégante, ajustée à la mode des villes, qu'elle jeta au hasard sur une chaise.

Ensuite son long corset de demoiselle, qui faisait causer les gens, par sa tournure parisienne. Alors sa taille, une fois libre, devint plus parfaite ; n'étant plus comprimée, ni trop amincie par le bas, elle reprit ses lignes naturelles, qui étaient pleines et douces comme celles des statues en marbre ; ses mouvements en changeaient les aspects, et chacune de ses poses était exquise à regarder.

La petite lampe, qui brûlait seule à cette heure avancée, éclairait avec un peu de mystère ses épaules et sa poitrine, sa forme admirable

qu'aucun œil n'avait jamais regardée et qui
allait sans doute être perdue pour tous, se des-
sécher sans être jamais vue, puisque ce Yann ne
la voulait pas pour lui...

Elle se savait jolie de figure, mais elle était
bien inconsciente de la beauté de son corps. Du
reste, dans cette région de la Bretagne, chez les
filles des pêcheurs islandais, c'est presque de
race, cette beauté-là ; on ne la remarque plus
guère, et même les moins sages d'entre elles, au
lieu d'en faire parade, auraient une pudeur à la
laisser voir. Non, ce sont les raffinés des villes
qui attachent tant d'importance à ces choses
pour les mouler ou les peindre...

Elle se mit à défaire les espèces de colima-
çons en cheveux qui étaient enroulés au-dessus
de ses oreilles et les deux nattes tombèrent sur
son dos comme deux serpents très lourds. Elle
les retroussa en couronne sur le haut de sa tête
— ce qui était commode pour dormir — alors,
avec son profil droit, elle ressemblait à une
vierge romaine.

Cependant ses bras restaient relevés, et, en
mordant toujours sa lèvre, elle continuait de
remuer dans ses doigts les tresses blondes —
comme un enfant qui tourmente un jouet quelconque en pensant à autre chose ; après, les
laissant encore retomber, elle se mit très vite à
les défaire pour s'amuser, pour les étendre ;
bientôt elle en fut couverte jusqu'aux reins,
ayant l'air de quelque druidesse de forêt.

Et puis, le sommeil étant venu tout de même,
malgré l'amour et malgré l'envie de pleurer, elle
se jeta brusquement dans son lit, en se cachant
la figure dans cette masse soyeuse de ses cheveux, qui était déployée à présent comme un
voile...

Dans sa chaumière de Ploubazlanec, la

grand-mère Moan, qui était, elle, sur l'autre versant plus noir de la vie, avait fini aussi par
s'endormir, du sommeil glacé des vieillards, en
songeant à son petit-fils et à la mort.

Et, à cette même heure, à bord de la *Marie* —
sur la mer Boréale qui était ce soir-là très
remuante — Yann et Sylvestre, les deux désires,
se chantaient des chansons, tout en faisant gaîment leur pêche à la lumière sans fin du jour...

6

Environ un mois plus tard. — En juin.

Autour de l'Islande, il fait cette sorte de temps
rare que les matelots appellent le *calme blanc* ;
c'est-à-dire que rien ne bougeait dans l'air,
comme si toutes les brises étaient épuisées,
finies.

Le ciel s'était couvert d'un grand voile blanchâtre, qui s'assombrissait par le bas, vers l'horizon, passait aux gris plombés, aux nuances
ternes de l'étain. Et là-dessous, les eaux inertes
jetaient un éclat pâle, qui fatiguait les yeux et qui
donnait froid.

Cette fois-là, c'étaient des moires, rien que des
moires changeantes qui jouaient sur la mer ; des
cernes très légers, comme on en ferait en soufflant contre un miroir. Toute l'étendue luisante
semblait couverte d'un réseau de dessins vagues
qui s'enlaçaient et se déformaient ; très vite effacés, très fugitifs.

Éternel soir ou éternel matin, il était impossible de dire : un soleil qui n'indiquait plus
aucune heure, restait là toujours, pour présider à
ce resplendissement de choses mortes, il n'était
lui-même qu'un autre cerne, presque sans
contours, agrandi jusqu'à l'immense par un halo
trouble.

Yann et Sylvestre, en pêchant à côté l'un de l'autre, chantaient : *Jean-François de Nantes,* la chanson qui ne finit plus — s'amusant de sa monotonie même et se regardant du coin de l'œil pour rire de l'espèce de drôlerie enfantine avec laquelle ils reprenaient perpétuellement les couplets, en tâchant d'y mettre un entrain nouveau à chaque fois. Leurs joues étaient roses sous la grande fraîcheur salée ; cet air qu'ils respiraient était vivifiant et vierge ; ils en prenaient plein leur poitrine, à la source même de toute vigueur et de toute existence.

Et pourtant, autour d'eux, c'étaient des aspects de non-vie, de monde fini ou pas encore créé ; la lumière n'avait aucune chaleur ; les choses se tenaient immobiles et comme refroidies à jamais, sous le regard de cette espèce de grand œil spectral qui était le soleil.

La *Marie* projetait sur l'étendue une ombre qui était très longue comme le soir, et qui paraissait verte, au milieu de ces surfaces polies reflétant les blancheurs du ciel ; alors, dans toute cette partie ombrée qui ne miroitait pas, on pouvait distinguer par transparence ce qui se passait sous l'eau : des poissons innombrables, des myriades et des myriades, tous pareils, glissant doucement dans la même direction, comme ayant un but dans leur perpétuel voyage. C'étaient les morues qui exécutaient leurs évolutions d'ensemble, toutes en long dans le même sens, bien parallèles, faisant un effet de hachures grises, et sans cesse agitées d'un tremblement rapide, qui donnait un air de fluidité à cet amas de vies silencieuses. Quelquefois, avec un coup de queue brusque, toutes se retournaient en même temps, montrant le brillant de leur ventre argenté ; et puis le même coup de queue, le même retournement, se propageait dans le banc tout entier par ondulations lentes, comme si des milliers de lames de métal eussent jeté, entre deux eaux, chacune un petit éclair.

Le soleil, déjà très bas, s'abaissait encore ; donc c'était le soir décidément. A mesure qu'il descendait dans les zones couleur de plomb qui avoisinaient la mer, il devenait jaune, et son cercle se dessinait plus net, plus réel. On pouvait le fixer avec les yeux, comme on fait pour la lune.

Il éclairait pourtant ; mais on eût dit qu'il n'était pas du tout loin dans l'espace ; il semblait qu'en allant, avec un navire, seulement jusqu'au bout de l'horizon, on eût rencontré là ce gros ballon triste, flottant dans l'air à quelques mètres au-dessus des eaux.

La pêche allait assez vite ; en regardant dans l'eau reposée, on voyait très bien la chose se faire : les morues venir mordre, d'un mouvement glouton ; ensuite se secouer un peu, se sentant piquées, comme pour mieux se faire accrocher le museau. Et, de minute en minute, vite, à deux mains, les pêcheurs rentraient leur ligne — rejetant la bête à qui devait l'éventrer et l'aplatir.

La flottille des Paimpolais était éparse sur ce miroir tranquille, animant ce désert. Çà et là, paraissaient les petites voiles lointaines, déployées pour la forme puisque rien ne soufflait, et très blanches, se découpant en clair sur les grisailles des horizons.

Ce jour-là, ç'avait l'air d'un métier si calme, si facile, celui de pêcheur d'Islande ; — un métier de demoiselle.

> Jean-François de Nantes ;
> Jean-François,
> Jean-François !

Ils chantaient, les deux grands enfants.

Et Yann s'occupait bien peu d'être si beau et d'avoir la mine si noble. D'ailleurs, enfant seulement avec Sylvestre, ne chantant et ne jouant jamais qu'avec celui-là ; renfermé au contraire avec les autres, et plutôt fier et sombre — très doux pourtant quand on avait besoin de lui ; toujours bon et serviable, quand on ne l'irritait pas.

Eux chantaient cette chanson-là ; les deux autres, à quelques pas plus loin, chantaient autre chose, une autre mélopée faite aussi de somnolence, de santé et de vague mélancolie.

On ne s'ennuyait pas et le temps passait.

En bas, dans la cabine, il y avait toujours du feu, couvant au fond du fourneau de fer, et le couvercle de l'écoutille était maintenu fermé pour procurer des illusions de nuit à ceux qui avaient besoin de sommeil. Il leur fallait très peu d'air pour dormir, et les gens moins robustes, élevés dans les villes, en eussent désiré davantage. Mais quand la poitrine profonde s'est gonflée tout le jour à même l'atmosphère infinie, elle s'endort, elle aussi, après, et ne remue presque plus ; alors on peut se tapir dans n'importe quel petit trou comme font les bêtes.

On se couchait après le quart, par fantaisie, à des moments quelconques, les heures n'important plus dans cette clarté continuelle. Et c'étaient toujours de bons sommes, sans agitations, sans rêves, qui reposaient de tout.

Quand par hasard l'idée était aux femmes, cela par exemple agitait les dormeurs : en se disant que dans six semaines la pêche allait finir, et qu'ils en posséderaient bientôt des nouvelles ou des anciennes déjà aimées, ils rouvraient tout grands leurs yeux.

Mais cela venait rarement ; ou bien alors on y songeait plutôt à la manière honnête : on se rappelait les épouses, les fiancées, les sœurs, les parentes... Avec l'habitude de la continence, les sens aussi s'endorment — pendant des périodes bien longues...

Jean-François de Nantes ;
Jean-François,
Jean-François !

... Ils regardaient à présent, au fond de leur horizon gris, quelque chose d'imperceptible. Une petite fumée, montant des eaux comme une queue microscopique, d'un autre gris, un tout petit peu plus foncé que celui du ciel. Avec leurs yeux exercés à sonder les profondeurs, ils l'avaient vite aperçue :

— Un vapeur, là-bas !

— J'ai idée, dit le capitaine en regardant bien, j'ai idée que c'est un vapeur de l'État — le croiseur qui vient faire sa ronde...

Cette vague fumée apportait aux pêcheurs des nouvelles de France et, entre autres, certaine lettre de vieille grand-mère, écrite par une main de belle jeune fille.

Il se rapprocha lentement ; bientôt on vit sa coque noire — c'était bien le croiseur, qui venait faire un tour dans ces fiords de l'ouest.

En même temps, une légère brise qui s'était levée, piquante à respirer, commençait à marbrer par endroits la surface des eaux mortes ; elle traçait sur le luisant miroir des dessins d'un bleu vert, qui s'allongeaient en traînées, s'étendaient comme des éventails, ou se ramifiaient en forme de madrépores ; cela se faisait très vite avec un bruissement, c'était comme un signe de réveil présageant la fin de cette torpeur immense. Et le ciel, débarrassé de son voile, devenait clair ; les vapeurs, retombées sur l'horizon, s'y tassaient en amoncellements de ouates grises, formant comme des murailles molles autour de la mer. Les deux glaces sans fin entre lesquelles les pêcheurs étaient — celle d'en haut et celle d'en bas — reprenaient leur transparence profonde, comme si on eût essuyé les buées qui les avaient ternies. Le temps changeait, mais d'une façon rapide qui n'était pas bonne.

Et, de différents points de la mer, de différents cotés de l'étendue, arrivaient des navires pêcheurs : tous ceux de France qui rôdaient dans ces parages, des Bretons, des Normands, des Boulonnais ou des Dunkerquois. Comme des oiseaux qui rallient à un rappel, ils se rassemblaient à la suite de ce croiseur ; il en sortait même des coins vides de l'horizon, et leurs petites ailes grisâtres apparaissaient partout. Ils peuplaient tout à fait le pâle désert.

Plus de lente dérive, ils avaient tendu leurs voiles à la fraîche brise nouvelle et se donnaient de la vitesse pour s'approcher.

L'Islande, assez lointaine, était apparue aussi, avec un air de vouloir s'approcher comme eux ; elle montrait de plus en plus nettement ses grandes montagnes de pierres nues — qui n'ont jamais été éclairées que par côté, par en dessous et comme à regret. Elle se continuait même par une autre Islande de couleur semblable qui s'accentuait peu à peu — mais qui était chimérique, celle-ci, et dont les montagnes plus gigantesques n'étaient qu'une condensation de vapeurs. Et le soleil, toujours bas et traînant, incapable de monter au-dessus des choses, se voyait à travers cette illusion d'île, tellement qu'il paraissait posé devant et que c'était pour les yeux un aspect incompréhensible. Il n'avait plus de halo, et son disque rond ayant repris des contours très accusés, il semblait plutôt quelque pauvre planète jaune, mourante, qui se serait arrêtée là indécise, au milieu d'un chaos...

Le croiseur, qui avait stoppé, était entouré maintenant de la pléiade des Islandais. De tous ces navires se détachaient des barques, en coquille de noix, lui amenant à bord des hommes rudes aux longues barbes, dans des accoutrements assez sauvages.

Ils avaient tous quelque chose à demander, un peu comme les enfants, des remèdes pour de petites blessures, des réparations, des vivres, des lettres.

D'autres venaient de la part de leurs capitaines se faire mettre aux fers, pour quelque mutinerie à expier ; ayant tous été au service de l'État, ils trouvaient la chose bien naturelle. Et quand le faux-pont étroit du croiseur fut encombré par quatre ou cinq de ces grands garçons étendus la boucle au pied, le vieux maître qui les avait cadenassés, leur dit : « Couche-toi de travers donc, mes fils, qu'on puisse passer », ce qu'ils firent docilement, avec un sourire.

Il y avait beaucoup de lettres cette fois, pour ces Islandais. Entre autres, deux pour la *Marie*, *capitaine Guermeur*, l'une à *monsieur Gaos*, *Yann*, la seconde à *monsieur Moan*, *Sylvestre* (celle-ci arrivée par le Danemark à Reykjavik, où le croiseur l'avait prise).

Le vaguemestre, puisant dans son sac en toile à voile, leur faisait la distribution, ayant quelque peine souvent à lire les adresses qui n'étaient pas toutes mises par des mains très habiles.

Et le commandant disait :

— Dépêchez-vous, dépêchez-vous, le baromètre baisse.

Il s'ennuyait un peu de voir toutes ces petites coquilles de noix amenées à la mer, et tant de pêcheurs assemblés dans cette région peu sûre.

Yann et Sylvestre avaient l'habitude de lire leurs lettres ensemble.

Cette fois, ce fut au soleil de minuit, qui les éclairait du haut de l'horizon toujours avec son même aspect d'astre mort.

Assis tous deux à l'écart, dans un coin du pont, les bras enlacés et se tenant par les épaules, ils lisaient très lentement, comme pour se mieux pénétrer des choses du pays qui leur étaient dites.

Dans la lettre d'Yann, Sylvestre trouva des nouvelles de Marie Gaos, sa petite fiancée ; dans celle de Sylvestre, Yann lut les histoires drôles de la vieille grand-mère Yvonne, qui n'avait pas sa pareille pour amuser les absents ; et puis le dernier alinéa qui le concernait : « Le bonjour de ma part au fils Gaos. »

Et, les lettres finies de lire, Sylvestre timidement montrait la sienne à son grand ami, pour essayer de lui faire apprécier la main qui l'avait tracée :

— Regarde, c'est une très belle écriture, n'est-ce pas, Yann ?

Mais Yann, qui savait très bien quelle était cette main de jeune fille, détourna la tête en secouant ses épaules, comme pour dire qu'on l'ennuyait à la fin avec cette Gaud.

Alors Sylvestre replia soigneusement le pauvre petit papier dédaigné, le remit dans son enveloppe et le serra dans son tricot contre sa poitrine, se disant tout triste :

— Bien sûr, ils ne se marieront jamais... Mais qu'est-ce qu'il peut avoir comme ça contre elle ?...

... Minuit avait sonné à la cloche du croiseur. Et ils restaient toujours là, assis, songeant au pays, aux absents, à mille choses, dans un rêve...

A ce moment, l'éternel soleil, qui avait un peu trempé son bord dans les eaux, recommença à monter lentement.

Et ce fut le matin...

DEUXIÈME PARTIE

1

Il avait aussi changé d'aspect et de couleur, le soleil d'Islande, et il ouvrait cette nouvelle journée par un matin sinistre. Tout à fait dégagé de son voile, il avait pris de grands rayons, qui traversaient le ciel comme des jets, annonçant le mauvais temps prochain.

Il faisait trop beau depuis quelques jours, cela devait finir. La brise soufflait sur ce conciliabule de bateaux, comme éprouvant le besoin de l'éparpiller, d'en débarrasser la mer ; et ils commençaient à se disperser, à fuir comme une armée en déroute — rien que devant cette menace écrite en l'air, à laquelle on ne pouvait plus se tromper.

Cela soufflait toujours plus fort, faisant frissonner les hommes et les navires.

Les lames, encore petites, se mettaient à courir les unes après les autres, à se grouper ; elles s'étaient marbrées d'abord d'une écume blanche qui s'étalait dessus en bavures ; ensuite, avec un grésillement, il en sortait des fumées ; on eût dit que ça cuisait, que ça brûlait ; — et le bruit aigre de tout cela augmentait de minute en minute.

On ne pensait plus à la pêche, mais à la manœuvre seulement. Les lignes étaient depuis longtemps rentrées. Ils se hâtaient tous de s'en aller — les uns, pour chercher un abri dans les

fjords, tenter d'arriver à temps ; d'autres, préfé-
rant dépasser la pointe sud d'Islande, trouvant
plus sûr de prendre le large et d'avoir devant eux
de l'espace libre pour filer vent arrière. Ils se
voyaient encore un peu les uns les autres ; çà et
là, dans les creux de lames, des voiles surgis-
saient, pauvres petites choses mouillées, fati-
guées, bruyantes — mais tenant debout tout de
même, comme ces jouets d'enfant en moelle de
sureau que l'on couche en soufflant dessus, et qui
toujours se redressent.

La grande panne de nuages, qui s'était conden-
sée à l'horizon de l'ouest avec un aspect d'île, se
défaisait maintenant par le haut, et les lambeaux
couraient dans le ciel. Elle semblait inépuisable,
cette panne, le vent l'étendait, l'allongeait, l'éti-
rait, en faisait sortir indéfiniment des rideaux
obscurs, qu'il déployait dans le clair ciel jaune,
devenu d'une lividité froide et profonde.

Toujours plus fort, ce grand souffle qui agitait
toute chose.

Le croiseur était parti vers les abris d'Islande ;
les pêcheurs restaient seuls sur cette mer remuée
qui prenait un air mauvais et une teinte affreuse.
Ils se pressaient, pour leurs dispositions de gros
temps. Entre eux les distances augmentaient ; ils
allaient se perdre de vue.

Les lames, frisées en volutes, continuaient de
se courir après, de se réunir, de s'agripper les
unes les autres pour devenir toujours plus
hautes, et, entre elles, les vides se creusaient.

En quelques heures, tout était labouré, boule-
versé dans cette région la veille si calme, et, au
lieu du silence d'avant, on était assourdi de bruit.
Changement à vue que toute cette agitation d'à
présent, inconsciente, inutile, qui s'était faite si
vite. Dans quel but tout cela ?... Quel mystère de
destruction aveugle !...

Les nuages achevaient de se déplier en l'air,

venant toujours de l'ouest, se superposant, empressés, rapides, obscurcissant tout. Quelques déchirures jaunes restaient seules, par lesquelles le soleil envoyait d'en bas ses derniers rayons en gerbes. Et l'eau, verdâtre maintenant, était de plus en plus zébrée de baves blanches.

A midi, la *Marie* avait tout à fait pris son allure de mauvais temps ; ses écoutilles fermées et ses voiles réduites, elle bondissait souple et légère ; au milieu du désarroi qui commençait, elle avait un air de jouer comme font les gros marsouins que les tempêtes amusent. N'ayant plus que la misaine, elle *fuyait devant le temps*, suivant l'expression de marine qui désigne cette allure-là.

En haut, c'était devenu entièrement sombre, une voûte fermée, écrasante — avec quelques charbonnages plus noirs étendus dessus en taches informes ; cela semblait presque un dôme immobile, et il fallait regarder bien pour comprendre que c'était au contraire en plein vertige de mouvement : grandes nappes grises, se dépêchant de passer, et sans cesse remplacées par d'autres qui venaient du fond de l'horizon ; tentures de ténèbres, se dévidant comme d'un rouleau sans fin...

Elle fuyait devant le temps, la *Marie*, fuyait, toujours plus vite — et le temps fuyait aussi — devant je ne sais quoi de mystérieux et de terrible. La brise, la mer, la *Marie*, les nuages, tout était pris d'un même affolement de fuite et de vitesse dans le même sens. Ce qui détalait le plus vite, c'était le vent ; puis les grosses levées de houle, plus lourdes, plus lentes, courant après lui ; puis la *Marie* entraînée dans ce mouvement de tout. Les lames la poursuivaient, avec leurs crêtes blêmes qui se roulaient dans une perpétuelle chute, et elle — toujours rattrapée, toujours dépassée — leur échappait tout de même, au moyen d'un sillage habile qu'elle se faisait derrière, d'un remous où leur fureur se brisait.

Et dans cette allure de *fuite*, ce qu'on éprouvait surtout, c'était une illusion de légèreté ; sans aucune peine ni effort, on se sentait bondir. Quand la *Marie* montait sur ces lames, c'était sans secousse comme si le vent l'eût enlevée ; et sa redescente après était comme une glissade, faisant éprouver ce tressaillement du ventre qu'on a dans les chutes simulées des « chars russes » ou dans celles imaginaires des rêves. Elle glissait comme à reculons, la montagne fuyante se dérobant sous elle pour continuer de courir, et alors elle était replongée dans un de ces grands creux qui couraient aussi ; sans se meurtrir, elle en touchait le fond horrible, dans un éclaboussement d'eau qui ne la mouillait même pas, mais qui fuyait comme tout le reste ; qui fuyait et s'évanouissait en avant comme de la fumée, comme rien...

Au fond de ces creux, il faisait plus noir, et après chaque lame passée, on regardait derrière soi arriver l'autre ; l'autre encore plus grande, qui se dressait toute verte par transparence ; qui se dépêchait d'approcher, avec des contournements furieux, des volutes prêtes à se refermer, un air de dire : « Attends que je t'attrape, et je t'engouffre... »

... Mais non : elle vous soulevait seulement, comme d'un haussement d'épaule on enlèverait une plume ; et, presque doucement, on la sentait passer sous soi, avec son écume bruissante, son fracas de cascade.

Et ainsi de suite, continuellement. Mais cela grossissait toujours. Ces lames se succédaient, plus énormes, en longues chaînes de montagnes dont les vallées commençaient à faire peur. Et toute cette folie de mouvement s'accélérait, sous un ciel de plus en plus sombre, au milieu d'un bruit plus immense.

C'était bien du très gros temps, et il fallait

veiller. Mais, tant qu'on a devant soi de l'espace libre, de l'espace pour courir ! Et puis, justement la *Marie*, cette année-là, avait passé sa saison dans la partie la plus occidentale des pêcheries d'Islande ; alors toute cette fuite dans l'Est était autant de bonne route faite pour le retour.

Yann et Sylvestre étaient à la barre, attachés par la ceinture. Ils chantaient encore la chanson de *Jean-François de Nantes ;* grisés de mouvement et de vitesse, ils chantaient à pleine voix, riant de ne plus s'entendre au milieu de tout ce déchaînement de bruits, s'amusant à tourner la tête pour chanter contre le vent et perdre haleine.

— Eh ben ! les enfants, ça sent-il le renfermé, là-haut ? leur demandait Guermeur, passant sa figure barbue par l'écoutille entrebâillée, comme un diable prêt à sortir de sa boîte.

Oh ! non, ça ne sentait pas le renfermé, pour sûr.

Ils n'avaient pas peur, ayant la notion exacte de ce qui est *maniable,* ayant confiance dans la solidité de leur bateau, dans la force de leurs bras. Et aussi dans la protection de cette Vierge de faïence qui, depuis quarante années de voyages en Islande, avait dansé tant de fois cette mauvaise danse-là, toujours souriante entre ses bouquets de fausses fleurs...

Jean-François de Nantes ;
Jean-François,
Jean-François !

En général, on ne voyait pas loin autour de soi ; à quelques centaines de mètres, tout paraissait finir en espèces d'épouvantes vagues, en crêtes blêmes qui se hérissaient, fermant la vue. On se croyait toujours au milieu d'une scène restreinte, bien que perpétuellement changeante ; et, d'ailleurs, les choses étaient noyées dans cette sorte de fumée d'eau qui fuyait en nuage, avec une extrême vitesse, sur toute la surface de la mer.

Mais, de temps à autre, une éclaircie se faisait vers le nord-ouest d'où une *saute de vent* pouvait venir : alors une lueur frisante arrivait de l'horizon ; un reflet traînant, faisant paraître plus sombre le dôme de ce ciel, se répandait sur les crêtes blanches agitées. Et cette éclaircie était triste à regarder ; ces lointains entrevus, ces échappées serreraient le cœur davantage en donnant trop bien à comprendre que c'était le même chaos partout, la même fureur — jusque derrière ces grands horizons vides et infiniment au-delà : l'épouvante n'avait pas de limites, et on était seul au milieu !

Une clameur géante sortait des choses comme un prélude d'apocalypse jetant l'effroi des fins de monde. Et on y distinguait des milliers de voix : d'en haut, il en venait de sifflantes ou de profondes, qui semblaient presque lointaines à force d'être immenses : cela, c'était le vent, la grande âme de ce désordre, la puissance invisible menaçant tout. Il faisait peur, mais il y avait d'autres bruits, plus rapprochés, plus matériels, plus menaçants de détruire, que rendait l'eau tourmentée, grésillant comme sur des braises...

Toujours cela grossissait.

Et, malgré leur allure de fuite, la mer commençait à les couvrir, à les *manger*, comme ils disaient : d'abord des embruns fouettant de l'arrière, puis de l'eau à paquets, lancée avec une force à tout briser. Les lames se faisaient toujours plus hautes, plus follement hautes, et pourtant elles étaient déchiquetées à mesure, on en voyait de grands lambeaux verdâtres, qui étaient de l'eau retombante que le vent jetait partout. Il en tombait de lourdes masses sur le pont, avec un bruit claquant, et alors la *Marie* vibrait tout entière comme de douleur. Maintenant on ne distinguait plus rien, à cause de toute cette bave blanche, éparpillée ; quand les rafales gémissaient plus fort, on la voyait courir en tourbillons plus épais — comme, en été, la poussière des routes. Une grosse pluie, qui était venue, passait aussi tout en biais, horizontale, et ces choses ensemble sifflaient, cinglaient, blessaient comme des lanières.

Ils restaient tous deux à la barre, attachés et se tenant ferme, vêtus de leurs *cirages*, qui étaient durs et luisants comme des peaux de requins ; ils les avaient bien serrés au cou, par des ficelles goudronnées, bien serrés aux poignets et aux chevilles pour ne pas laisser d'eau passer, et tout ruisselait sur eux, qui enflaient le dos quand cela tombait plus dru, en s'arc-boutant bien pour ne pas être renversés. La peau des joues leur cuisait et ils avaient la respiration à toute minute coupée. Après chaque grande masse d'eau tombée, ils se regardaient — en souriant, à cause de tout ce sel amassé dans leur barbe.

A la longue pourtant, cela devenait une extrême fatigue, cette fureur qui ne s'apaisait pas, qui restait toujours à son même paroxysme exaspéré. Les rages des hommes, celles des bêtes s'épuisent et tombent vite ; il faut subir longtemps, longtemps celles des choses inertes qui sont sans cause et sans but, mystérieuses comme la vie et comme la mort.

> Jean-François de Nantes ;
> Jean-François,
> Jean-François !

A travers leurs lèvres devenues blanches, le refrain de la vieille chanson passait encore, mais comme une chose aphone, reprise de temps à autre inconsciemment. L'excès de mouvement et de bruit les avait rendus ivres ; ils avaient beau

être jeunes, leurs sourires grimaçaient sur leurs
dents entrechoquées par un tremblement de
froid ; leurs yeux, à demi fermés sous les paupières brûlées qui battaient, restaient fixes dans
une atonie farouche. Rivés à leur barre comme
deux arcs-boutants de marbre, ils faisaient, avec
leurs mains crispées et bleuies, les efforts qu'il
fallait, presque sans penser, par simple habitude
des muscles. Les cheveux ruisselants, la bouche
contractée, ils étaient devenus étranges, et en eux
reparaissait tout un fond de sauvagerie primitive.

Ils ne se voyaient plus ! Ils avaient conscience
seulement d'être encore là, à côté l'un de l'autre.
Aux instants plus dangereux, chaque fois que se
dressait, derrière, la montagne d'eau nouvelle,
surplombante, bruissante, horrible, heurtant leur
bateau avec un grand fracas sourd, une de leurs
mains s'agitait pour un signe de croix involontaire. Ils ne songeaient plus à rien, ni à Gaud, ni à
aucune femme, ni à aucun mariage. Cela durait
depuis trop longtemps, ils n'avaient plus de pensées ; leur ivresse de bruit, de fatigue et de froid
obscurcissait tout dans leur tête. Ils n'étaient plus
que deux piliers de chair raidie qui maintenaient
cette barre ; que deux bêtes vigoureuses cram-
ponnées là par instinct pour ne pas mourir.

2

C'était en Bretagne, après la mi-septembre, par une journée déjà fraîche. Gaud cheminait toute seule sur la lande de Ploubazlanec, dans la direction de Pors-Even.

Depuis près d'un mois, les navires islandais étaient rentrés — moins deux qui avaient disparu dans ce coup de vent de juin. Mais la *Marie* ayant tenu bon, Yann et tous ceux du bord étaient au pays, tranquillement.

Gaud se sentait très troublée, à l'idée qu'elle se rendait chez ce Yann.

Une seule fois elle l'avait vu depuis le retour d'Islande ; c'était quand on était allé, tous ensemble, conduire le pauvre petit Sylvestre, à son départ pour le service. (On l'avait accompagné jusqu'à la diligence, lui, pleurant un peu, sa vieille grand-mère pleurant beaucoup, et il était parti pour rejoindre le quartier de Brest.) Yann, qui était venu aussi pour embrasser son petit ami, avait fait mine de détourner les yeux quand elle l'avait regardé, et, comme il y avait beaucoup de monde autour de cette voiture, — d'autres inscrits qui s'en allaient, des parents assemblés pour leur dire adieu — il n'y avait pas eu moyen de se parler.

Alors elle avait pris à la fin une grande résolution, et, un peu craintive, s'en allait chez les Gaos.

Son père avait eu jadis des intérêts communs avec celui d'Yann (de ces affaires compliquées qui, entre pêcheurs comme entre paysans, n'en finissent plus) et lui redevait une centaine de francs pour la vente d'une barque qui venait de se faire *à la part*.

— Vous devriez, avait-elle dit, me laisser lui porter cet argent, mon père ; d'abord je serais contente de voir Marie Gaos ; puis je ne suis jamais allée si loin en Ploubazlanec, et cela m'amuserait de faire cette grande course.

Au fond, elle avait une curiosité anxieuse de cette famille d'Yann, où elle entrerait peut-être un jour, de cette maison, de ce village.

Dans une dernière causerie, Sylvestre, avant de partir, lui avait expliqué à sa manière la sauvagerie de son ami :

— Vois-tu, Gaud, c'est parce qu'il est comme cela ; il ne veut se marier avec personne, par idée à lui ; il n'aime bien que la mer, et même, un jour, par plaisanterie, il nous a dit lui avoir promis le mariage.

Elle lui pardonnait donc ses manières d'être, et, retrouvant toujours dans sa mémoire son beau sourire franc de la nuit du bal, elle se reprenait à espérer.

Si elle le rencontrait là, au logis, elle ne lui dirait rien, bien sûr ; son intention n'était point de se montrer si osée. Mais lui, la revoyant de près, parlerait peut-être...

3

Elle marchait depuis une heure, alerte, agitée, respirant la brise saine du large.

Il y avait de grands calvaires plantés aux carrefours des chemins.

De loin en loin, elle traversait de ces petits hameaux de marins qui sont toute l'année battus par le vent, et dont la couleur est celle des rochers. Dans l'un, où le sentier se rétrécissait tout à coup entre des murs sombres, entre de hauts toits en chaume pointus comme des huttes celtiques, une enseigne de cabaret la fit sourire : « Au cidre chinois », et on avait peint deux magots en robe vert et rose, avec des queues, buvant du cidre. Sans doute une fantaisie de quelque ancien matelot revenu de là-bas... En passant, elle regardait tout ; les gens qui sont très préoccupés par le but de leur voyage s'amusent toujours plus que les autres aux mille détails de la route.

Le petit village était loin derrière elle maintenant, et, à mesure qu'elle s'avançait sur ce dernier promontoire de la terre bretonne, les arbres se faisaient plus rares autour d'elle, la campagne plus triste.

Le terrain était ondulé, rocheux, et, de toutes les hauteurs, on voyait la grande mer. Plus d'arbres du tout à présent ; rien que la lande rase, aux ajoncs verts, et, çà et là, les divins crucifiés découpant sur le ciel leurs grands bras en croix, donnant à tout ce pays l'air d'un immense lieu de justice.

A un carrefour, gardé par un de ces christs énormes, elle hésita entre deux chemins qui fuyaient entre des talus d'épines.

Une petite fille qui arrivait se trouva à point pour la tirer d'embarras :

— Bonjour, mademoiselle Gaud !

C'était une petite Gaos, une petite sœur d'Yann. Après l'avoir embrassée, elle lui demanda si ses parents étaient à la maison.

— Papa et maman, oui. Il n'y a que mon frère Yann, dit la petite sans aucune malice, qui est allé à Loguivy ; mais je pense qu'il ne sera pas tard dehors.

Il n'était pas là, lui ! Encore ce mauvais sort qui l'éloignait d'elle partout et toujours. Remettre sa visite à une autre fois, elle y pensa bien. Mais cette petite qui l'avait vue en route, qui pourrait parler... Que penserait-on de cela à Pors-Even ? Alors elle décida de poursuivre, en musant le plus possible afin de lui donner le temps de rentrer.

A mesure qu'elle approchait de ce village d'Yann, de cette pointe perdue, les choses devenaient toujours plus rudes et plus désolées. Ce grand air de mer qui faisait les hommes plus forts, faisait aussi les plantes plus basses, courtes, trapues, aplaties sur le sol dur. Dans le sentier, il y avait des goémons qui traînaient par terre, feuillages *d'ailleurs*, indiquant qu'un autre monde était voisin. Ils répandaient dans l'air leur odeur saline.

Gaud rencontrait quelquefois des passants, gens de mer, qu'on voyait à longue distance dans ce pays nu, se dessinant, comme agrandis, sur la ligne haute et lointaine des eaux. Pilotes ou pêcheurs, ils avaient toujours l'air de guetter au loin, de veiller sur le large ; en la croisant, ils lui disaient bonjour. Des figures brunies, très mâles et décidées, sous un bonnet de marin.

L'heure ne passait pas, et vraiment elle ne savait que faire pour allonger sa route ; ces gens s'étonnaient de la voir marcher si lentement.

Ce Yann, que faisait-il à Loguivy ? Il courtisait les filles peut-être...

Ah ! si elle avait su comme il s'en souciait peu, des belles ! De temps en temps, si l'envie lui en prenait de quelqu'une, il n'avait en général qu'à se présenter. Les *fillettes de Paimpol,* comme dit la vieille chanson islandaise, sont un peu folles de leur corps, et ne résistent guère à un garçon aussi beau. Non, tout simplement, il était allé faire une commande à certain vannier de ce village, qui avait seul dans le pays la bonne manière pour tresser les *casiers à* prendre les homards. Sa tête était très libre d'amour en ce moment.

Elle arriva à une chapelle, qu'on apercevait de loin sur une hauteur. C'était une chapelle toute grise, très petite et très vieille ; au milieu de l'aridité d'alentour, un bouquet d'arbres, gris aussi et déjà sans feuilles, lui faisait des cheveux, des cheveux jetés tous du même côté, comme par une main qu'on y aurait passée.

Et cette main était celle aussi qui fait sombrer les barques des pêcheurs, main éternelle des vents d'ouest qui couche, dans le sens des lames et de la houle, les branches tordues des rivages. Ils avaient poussé de travers et échevelés, les vieux arbres, courbant le dos sous l'effort séculaire de cette main-là.

Gaud se trouvait presque au bout de sa course, puisque c'était la chapelle de Pors-Even ; alors elle s'y arrêta, pour gagner encore du temps.

Un petit mur croulant dessinait autour un enclos enfermant des croix. Et tout était de la même couleur, la chapelle, les arbres et les tombes ; le lieu tout entier semblait uniformément hâlé, rongé par le vent de la mer ; un même lichen grisâtre, avec ses taches d'un jaune pâle de soufre, couvrait les pierres, les branches noueuses, et les saints en granit qui se tenaient dans les niches du mur.

Sur une de ces croix de bois, un nom était écrit en grosses lettres : *Gaos — Gaos, Joël, quatre-vingts ans.*

Ah ! oui, le grand-père ; elle savait cela. La mer n'en avait pas voulu, de ce vieux marin. Du reste, plusieurs des parents d'Yann devaient dormir dans cet enclos, c'était naturel, et elle aurait dû s'y attendre ; pourtant ce nom lu sur cette tombe lui faisait une impression pénible.

Afin de perdre un moment de plus, elle entra dire une prière sous ce porche antique, tout petit, usé, badigeonné de chaux blanche. Mais là elle s'arrêta, avec un plus fort serrement de cœur.

Gaos ! encore ce nom, gravé sur une des plaques funéraires comme on en met pour garder le souvenir de ceux qui meurent au large.

Elle se mit à lire cette inscription :

En mémoire de GAOS, Jean-Louis
âgé de 24 ans, matelot à bord de la *Marguerite*,
disparu en Islande, le 3 août 1877.
Qu'il repose en paix !

L'Islande — toujours l'Islande ! — Partout, à cette entrée de chapelle, étaient clouées d'autres plaques de bois, avec des noms de marins morts. C'était le coin des naufragés de Pors-Even, et elle regretta d'y être venue, prise d'un pressentiment noir. A Paimpol, dans l'église, elle avait vu des inscriptions pareilles ; mais ici, dans ce village il était plus petit, plus fruste, plus sauvage, le tombeau vide des pêcheurs islandais. Il y avait de chaque côté un banc de granit, pour les veuves, pour les mères : et ce lieu bas, irrégulier comme une grotte, était gardé par une bonne Vierge très ancienne, repeinte en rose, avec de gros yeux méchants, qui ressemblait à Cybèle, déesse primitive de la terre.

Gaos ! encore !

En mémoire de GAOS, François,
époux de Anne-Marie Le Goaster,
capitaine à bord du *Paimpolais*,
perdu en Islande du 1er au 3 avril 1877,
avec vingt-trois hommes composant
son équipage.
Qu'ils reposent en paix !

Et, en bas, deux os de mort en croix, sous un crâne noir avec des yeux verts, peinture naïve et macabre, sentant encore la barbarie d'un autre âge.

Gaos ! partout ce nom !

Un autre Gaos s'appelait Yves, *enlevé du bord de son navire et disparu aux environs de Norden Fiord, en Islande, à l'âge de vingt-deux ans.* La plaque semblait être là depuis de longues années ; il devait être bien oublié, celui-là...

En lisant, il lui venait pour ce Yann des élans de tendresse douce, et un peu désespérée aussi. Jamais, non, jamais il ne serait à elle ! Comment le disputer à la mer, quand tant d'autres Gaos y avaient sombré, des ancêtres, des frères, qui devaient avoir avec lui des ressemblances profondes ?

Elle entra dans la chapelle, déjà obscure, à peine éclairée par ses fenêtres basses aux parois épaisses. Et là, le cœur plein de larmes qui voulaient tomber, elle s'agenouilla pour prier devant des saints et des saintes énormes entourés de fleurs grossières, et qui touchaient la voûte avec leur tête. Dehors, le vent qui se levait commençait à gémir, comme rapportant au pays breton la plainte des jeunes hommes morts.

Le soir approchait ; il fallait pourtant bien se décider à faire sa visite et s'acquitter de sa commission.

Elle reprit sa route et, après s'être informée dans le village, elle trouva la maison des Gaos, qui était adossée à une haute falaise ; on y montait par une douzaine de marches en granit. Tremblant un peu à l'idée que Yann pouvait être revenu, elle traversa le jardinet où poussaient des chrysanthèmes et des véroniques.

En entrant, elle dit qu'elle apportait l'argent de cette barque vendue, et on la fit asseoir très poliment pour attendre le retour du père, qui lui signerait son reçu. Parmi tout ce monde qui était là, ses yeux cherchèrent Yann, mais elle ne le vit point.

On était fort occupé dans la maison. Sur une grande table bien blanche, on taillait déjà à la pièce, dans du coton neuf, des costumes appelés *cirages*, pour la prochaine saison d'Islande.

— C'est que, voyez-vous, mademoiselle Gaud, il leur en faut à chacun deux rechanges complets pour là-bas.

On lui expliqua comment on s'y prenait après pour les peindre et les cirer, ces tenues de misère. Et, pendant qu'on lui détaillait la chose, ses yeux parcouraient attentivement ce logis des Gaos.

Il était aménagé à la manière traditionnelle des chaumières bretonnes ; une immense cheminée en occupait le fond, et des lits en armoire s'étageaient sur les côtés. Mais cela n'avait pas l'obscurité ni la mélancolie de ces gîtes des laboureurs, qui sont toujours à demi enfouis au bord des chemins ; c'était clair et propre comme en général chez les gens de mer.

Plusieurs petits Gaos étaient là, garçons ou

filles, tous frères d'Yann — sans compter deux grands qui naviguaient. Et, en plus, une bien petite blonde, triste et proprette, qui ne ressemblait pas aux autres.

— Une que nous avons adoptée l'an dernier, expliqua la mère ; nous en avions déjà beaucoup pourtant ; mais, que voulez-vous, mademoiselle Gaud ! son père était de la *Marie-Dieu-t'aime*, qui s'est perdue en Islande à la saison dernière, comme vous savez — alors, entre voisins, on s'est partagé les cinq enfants qui restaient et celle-ci nous est échue.

Entendant qu'on parlait d'elle, la petite adoptée baissait la tête et souriait en se cachant contre le petit Laumec Gaos, qui était son préféré.

Il y avait un air d'aisance partout dans la maison, et la fraîche santé se voyait épanouie sur toutes ces joues roses d'enfants.

On mettait beaucoup d'empressement à recevoir Gaud — comme une belle demoiselle dont la visite était un honneur pour la famille. Par un escalier de bois blanc tout neuf, on la fit monter dans la chambre d'en haut qui était la gloire du logis. Elle se rappelait bien l'histoire de la construction de cet étage ; c'était à la suite d'une trouvaille de bateau abandonné faite en Manche par le père Gaos et son cousin le pilote ; la nuit du bal, Yann lui avait raconté cela.

Cette chambre de l'épave était jolie et gaie dans sa blancheur toute neuve ; il y avait deux lits à la mode des villes, avec des rideaux en perse rose ; une grande table au milieu. Par la fenêtre, on voyait tout Paimpol, toute la rade, avec les *Islandais* là-bas, au mouillage — et la passe par où ils s'en vont.

Elle n'osait questionner, mais elle aurait bien voulu savoir où dormait Yann ; évidemment, tout enfant, il avait dû habiter en bas, dans quelqu'un de ces antiques lits en armoire. Mais, à présent, c'était peut-être ici, entre ces beaux rideaux roses. Elle aurait aimé être au courant des détails de sa vie, savoir surtout à quoi se passaient ses longues soirées d'hiver...

... Un pas un peu lourd dans l'escalier la fit tressaillir.

Non, ce n'était pas Yann, mais un homme qui lui ressemblait malgré ses cheveux déjà blancs, qui avait presque sa haute stature et qui était droit comme lui : le père Gaos rentrant de la pêche.

Après l'avoir saluée et s'être enquis des motifs de sa visite, il lui signa son reçu, ce qui fut un peu long, car sa main n'était plus, disait-il, très assurée. Cependant il n'acceptait pas ces cent francs comme un payement définitif, le désintéressant de cette vente de barque ; non, mais comme un acompte seulement ; il en recauserait avec M. Mével. Et Gaud, à qui l'argent importait peu, fit un petit sourire imperceptible : allons, bon, cette histoire n'était pas encore finie, elle s'en était bien doutée ; d'ailleurs, cela l'arrangeait d'avoir encore des affaires mêlées avec les Gaos.

On s'excusait presque, dans la maison, de l'absence d'Yann, comme si on eût trouvé plus honnête que toute la famille fût là assemblée pour la recevoir. Le père avait peut-être même deviné, avec sa finesse de vieux matelot, que son fils n'était pas indifférent à cette belle héritière ; car il mettait un peu d'insistance à toujours reparler de lui :

— C'est bien étonnant, disait-il, il n'est jamais si tard dehors. Il est allé à Loguivy, mademoiselle Gaud, acheter des casiers pour prendre des homards ; comme vous savez, c'est notre grande pêche de l'hiver.

Elle, distraite, prolongeait sa visite, ayant cependant conscience que c'était trop, et sentant un serrement de cœur lui venir à l'idée qu'elle ne le verrait pas.

— Un homme sage comme lui, qu'est-ce qu'il peut bien faire ? Au cabaret, il n'y est pas, bien sûr ; nous n'avons pas cela à craindre avec notre fils. — Je ne dis pas, une fois de temps en temps, le dimanche, avec des camarades... Vous savez, mademoiselle Gaud, les marins... Eh ! mon Dieu, quand on est jeune homme, n'est-ce pas, pourquoi s'en priver tout à fait ?... Mais la chose est bien rare avec lui, c'est un homme sage, nous pouvons le dire.

Cependant la nuit venait ; on avait replié les *cirages* commencés, suspendu le travail. Les petits Gaos et la petite adoptée, assis sur des bancs, se serraient les uns aux autres, attristés par l'heure grise du soir, et regardaient Gaud, ayant l'air de se demander :

« A présent, pourquoi ne s'en va-t-elle pas ? »

Et, dans la cheminée, la flamme commençait à éclairer rouge, au milieu du crépuscule qui tombait.

— Vous devriez rester manger la soupe avec nous, mademoiselle Gaud.

Oh ! non, elle ne le pouvait pas ; le sang lui monta tout à coup au visage à la pensée d'être restée si tard. Elle se leva et prit congé.

Le père d'Yann s'était levé, lui aussi, pour l'accompagner un bout de chemin, jusqu'au-delà de certain bas-fond isolé où de vieux arbres font un passage noir.

Pendant qu'ils marchaient près l'un de l'autre, elle se sentait prise pour lui de respect et de tendresse ; elle avait envie de lui parler comme à un père, dans des élans qui lui venaient ; puis les mots s'arrêtaient dans sa gorge, et elle ne disait rien.

Ils s'en allaient, au vent froid du soir qui avait l'odeur de la mer, rencontrant çà et là, sur la rase lande, des chaumières déjà fermées, bien sombres, sous leur toiture bossue, pauvres nids où des pêcheurs étaient blottis ; rencontrant les croix, les ajoncs et les pierres.

Comme c'était loin, ce Pors-Even, et comme elle s'y était attardée !

Quelquefois ils croisaient des gens qui revenaient de Paimpol ou de Loguivy ; en regardant approcher ces silhouettes d'hommes, elle pensait chaque fois à lui, à Yann ; mais c'était aisé de le reconnaître à distance et vite elle était déçue. Ses pieds s'embarrassaient dans de longues plantes brunes, emmêlées comme des chevelures, qui étaient les goémons traînant à terre.

A la croix de Plouëzoc'h elle salua le vieillard, le priant de retourner. Les lumières de Paimpol se voyaient déjà, et il n'y avait plus aucune raison d'avoir peur.

Allons, c'était fini pour cette fois... Et qui sait à présent quand elle verrait Yann ?...

Pour retourner à Pors-Even, les prétextes ne lui auraient pas manqué, mais elle aurait eu trop mauvais air en recommençant cette visite. Il fallait être plus courageuse et plus fière. Si seulement Sylvestre, son petit confident, eût été là encore, elle l'aurait chargé peut-être d'aller trouver Yann de sa part, afin de le faire s'expliquer. Mais il était parti et pour combien d'années ?...

4

— Me marier ? disait Yann à ses parents le
soir, me marier ? Eh ! donc, mon Dieu, pour quoi
faire ? — Est-ce que je serai jamais si heureux
qu'ici avec vous ? Pas de soucis, pas de contesta-
tions avec personne et la bonne soupe toute
chaude chaque soir, quand je rentre de la mer...
Oh ! je comprends bien, allez, qu'il s'agit de celle
qui est venue à la maison aujourd'hui. D'abord,
une fille si riche, en vouloir à de pauvres gens
comme nous, ça n'est pas assez clair à mon gré.
Et puis ni celle-là ni une autre, non, c'est tout
réfléchi, je ne me marie pas, ça n'est pas mon
idée.

Ils se regardèrent en silence, les deux vieux
Gaos, désappointés profondément ; car, après en
avoir causé ensemble, ils croyaient être bien sûrs
que cette jeune fille ne refuserait pas leur beau
Yann. Mais ils ne tentèrent point d'insister,
sachant combien ce serait inutile. Sa mère surtout baissa la tête et ne dit plus mot ; elle respec-
tait les volontés de ce fils, de cet aîné qui avait
presque rang de chef de famille ; bien qu'il fût
toujours très doux et très tendre avec elle, soumis
plus qu'un enfant pour les petites choses de la
vie, il était depuis longtemps son maître absolu
pour les grandes, échappant à toute pression
avec une indépendance tranquillement farouche.

Il ne veillait jamais tard, ayant l'habitude, comme les autres pêcheurs, de se lever avant le jour. Et après souper, dès huit heures, ayant jeté un dernier coup d'œil de satisfaction à ses casiers de Loguivy, à ses filets neufs, il commença de se déshabiller, l'esprit en apparence fort calme ; puis il monta se coucher, dans le lit à rideaux de perse rose qu'il partageait avec Laumec, son petit frère.

5

... Depuis quinze jours, Sylvestre, le petit confident de Gaud, était au quartier de Brest ; — très dépaysé, mais très sage ; portant crânement son col bleu ouvert et son bonnet à pompon rouge ; superbe en matelot, avec son allure roulante et sa haute taille ; dans le fond, regrettant toujours sa bonne vieille grand-mère et resté l'enfant innocent d'autrefois.

Un seul soir il s'était grisé, avec des *pays*, parce que c'est l'usage : ils étaient rentrés au quartier, toute une bande se donnant le bras, en chantant à tue-tête.

Un dimanche aussi, il était allé au théâtre dans les galeries hautes. On jouait un de ces grands drames où les matelots, s'exaspérant contre le traître, l'accueillent avec un *hou !* qu'ils poussent tous ensemble et qui fait un bruit profond comme le vent d'ouest. Il avait surtout trouvé qu'il y faisait très chaud, qu'on y manquait d'air et de place ; une tentative pour enlever son paletot lui avait valu une réprimande de l'officier de service. Et il s'était endormi sur la fin.

En rentrant à la caserne, passé minuit, il avait rencontré des dames d'un âge assez mûr, coiffées en cheveux, qui faisaient les cent pas sur leur trottoir.

— Écoute ici, joli garçon, disaient-elles avec de grosses voix rauques.

Il avait bien compris tout de suite ce qu'elles voulaient, n'étant point si naïf qu'on aurait pu le croire. Mais le souvenir, évoqué tout à coup, de sa vieille grand-mère et de Marie Gaos l'avait fait passer devant elles très dédaigneux, les toisant du haut de sa beauté et de sa jeunesse avec un sourire de moquerie enfantine. Elles avaient même été fort étonnées, les belles, de la réserve de ce matelot :

— As-tu vu celui-là !... Prends garde, sauve-toi, mon fils ; sauve-toi vite, l'on va te manger.

Et le bruit de choses fort vilaines qu'elles lui criaient s'était perdu dans la rumeur vague qui emplissait les rues, par cette nuit de dimanche.

Il se conduisait à Brest comme en Islande, comme au large, il restait vierge. — Mais les autres ne se moquaient pas de lui, parce qu'il était très fort, ce qui inspire le respect aux marins.

Un jour on l'appela au bureau de sa compagnie ; on avait à lui annoncer qu'il était désigné pour la Chine, pour l'escadre de Formose !...

Il se doutait depuis longtemps que ça arriverait, ayant entendu dire à ceux qui lisaient les journaux que, par là-bas, la guerre n'en finissait plus. A cause de l'urgence du départ, on le prévenait en même temps qu'on ne pourrait pas lui donner la permission accordée d'ordinaire, pour les adieux, à ceux qui vont en campagne : dans cinq jours, il faudrait faire son sac et s'en aller.

Il lui vint un trouble extrême : c'était le charme des grands voyages, de l'inconnu, de la guerre ; aussi l'angoisse de tout quitter, avec l'inquiétude vague de ne plus revenir.

Mille choses tourbillonnaient dans sa tête. Un grand bruit se faisait autour de lui, dans les salles du quartier, où quantité d'autres venaient d'être désignés aussi pour cette escadre de Chine.

Et vite il écrivit à sa pauvre vieille grand-mère, vite, au crayon, assis par terre, isolé dans une rêverie agitée, au milieu du va-et-vient et de la clameur de tous ces jeunes hommes qui, comme lui, allaient partir.

— Elle est un peu ancienne, son amoureuse !
disaient les autres, deux jours après, en riant
derrière lui : c'est égal, ils ont l'air de bien
s'entendre tout de même.

Ils s'amusaient de le voir, pour la première fois,
se promener dans les rues de Recouvrance avec
une femme au bras, comme tout le monde, se
penchant vers elle d'un air tendre, lui disant des
choses qui avaient l'air tout à fait douces.

Une petite personne à la tournure assez alerte,
vue de dos — des jupes un peu courtes, par
exemple, pour la mode du jour ; un petit châle
brun, et une grande coiffe de Paimpolaise.

Elle aussi, suspendue à son bras, se retournait
vers lui pour le regarder avec tendresse.

— Elle est un peu ancienne, l'amoureuse !

Ils disaient cela, les autres, sans grande malice,
voyant bien que c'était une bonne vieille grand-
mère, venue de la campagne.

… Venue en hâte, prise d'une épouvante
affreuse, à la nouvelle du départ de son petit-fils :
car cette guerre de Chine avait déjà coûté beaucoup de marins au pays de Paimpol.

Ayant réuni toutes ses pauvres petites écono-
mies, arrangé dans un carton sa belle robe des
dimanches et une coiffe de rechange, elle était
partie pour l'embrasser au moins encore une fois.

Tout droit elle avait été le demander à la caserne, et d'abord l'adjudant de sa compagnie avait refusé de le laisser sortir.

— Si vous voulez réclamer, allez, ma bonne dame, allez vous adresser au capitaine, le voilà qui passe.

Et carrément, elle y était allée. Celui-ci s'était laissé toucher.

— Envoyez Moan *se changer,* avait-il dit.

Et Moan, quatre à quatre, était monté se mettre en toilette de ville — tandis que la bonne vieille, pour l'amuser, comme toujours, faisait par-derrière à cet adjudant une fine grimace impayable, avec une révérence.

Ensuite, quand il reparut, le petit-fils bien décolleté dans sa tenue de sortie, elle avait été émerveillée de le trouver si beau : sa barbe noire, qu'un coiffeur lui avait taillée, était en pointe à la mode des marins cette année-là, les liettes de sa chemise ouverte étaient frisées menu, et son bonnet avait de longs rubans qui flottaient terminés par des ancres d'or.

Un instant elle s'était imaginé voir son fils Pierre qui, vingt ans auparavant, avait été lui aussi gabier de la flotte, et le souvenir de ce long passé déjà enfui derrière elle, de tous ces morts, avait jeté furtivement sur l'heure présente une ombre triste.

Tristesse vite effacée. Ils étaient sortis bras dessus bras dessous, dans la joie d'être ensemble ; et c'est alors que, la prenant pour son amoureuse, on l'avait jugée « un peu ancienne ».

Elle l'avait emmené dîner, en partie fine, dans une auberge tenue par des Paimpolais, qu'on lui avait recommandée comme n'étant pas trop chère.

Ensuite, se donnant le bras toujours, ils étaient allés dans Brest, regarder les étalages des boutiques. Et rien n'était si amusant que tout ce qu'elle trouvait à dire pour faire rire son petit-fils — en breton de Paimpol que les passants ne pouvaient pas comprendre.

8

Elle était restée trois jours avec lui, trois jours
de fête sur lesquels pesait un *après* bien sombre,
autant dire trois jours de grâce.

Et enfin il avait bien fallu repartir, s'en retourner à Ploubazlanec. C'est que d'abord elle était au
bout de son pauvre argent. Et puis Sylvestre
embarquait le surlendemain, et les matelots sont
toujours consignés inexorablement dans les
quartiers, la veille des grands départs (un usage
qui semble à première vue un peu barbare, mais
qui est une précaution nécessaire contre les *bor-
dées* qu'ils ont tendance à courir au moment de se
mettre en campagne).

Oh ! ce dernier jour !... Elle avait eu beau faire,
beau chercher dans sa tête pour dire encore des
choses drôles à son petit-fils, elle n'avait rien
trouvé, non, mais c'étaient des larmes qui avaient
envie de venir, les sanglots qui, à chaque instant,
lui montaient à la gorge. Suspendue à son bras,
elle lui faisait mille recommandations qui, à lui
aussi, donnaient l'envie de pleurer. Et ils avaient
fini par entrer dans une église pour dire
ensemble leurs prières.

C'est par le train du soir qu'elle s'en était allée.
Pour économiser, ils s'étaient rendus à pied à la
gare ; lui, portant son carton de voyage et la

soutenant de son bras fort sur lequel elle s'appuyait de tout son poids. Elle était fatiguée, fatiguée, la pauvre vieille ; elle n'en pouvait plus, de s'être tant surmenée pendant trois ou quatre jours. Le dos courbé sous son châle brun, ne trouvant plus la force de se redresser, elle n'avait plus rien de jeunet dans la tournure et sentait bien toute l'accablante lourdeur de ses soixante-seize ans. A l'idée que c'était fini, que dans quelques minutes il faudrait le quitter, son cœur se déchirait d'une manière affreuse. Et c'était en Chine qu'il s'en allait, là-bas, à la tuerie ! Elle l'avait encore là, avec elle : elle le tenait encore de ses deux pauvres mains... et cependant il partirait ; ni toute sa volonté, ni toutes ses larmes, ni tout son désespoir de grand-mère ne pouvaient rien pour le garder !...

Embarrassée de son billet, de son panier de provisions, de ses mitaines, agitée, tremblante, elle lui faisait ses recommandations dernières auxquelles il répondait tout bas par de petits *oui* bien soumis, la tête penchée tendrement vers elle, la regardant avec ses bons yeux doux, son air de petit enfant.

— Allons, la vieille, il faut vous décider si vous voulez partir !

La machine sifflait. Prise de la frayeur de manquer le train, elle lui enleva des mains son carton — puis laissa retomber la chose à terre, pour se pendre à son cou dans un embrassement suprême.

On les regardait beaucoup dans cette gare, mais ils ne donnaient plus envie de sourire à personne. Poussée par les employés, épuisée, perdue, elle se jeta dans le premier compartiment venu, dont on lui referma brusquement la portière sur les talons, tandis que, lui, prenait sa course légère de matelot, décrivait une courbe d'oiseau qui s'envole, afin de faire le tour et d'arriver à la barrière, dehors, à temps pour la voir passer.

Un grand coup de sifflet, l'ébranlement bruyant des roues — la grand-mère passa. Lui, contre cette barrière, agitait avec une grâce juvénile son bonnet à rubans flottants, et elle, penchée à la fenêtre de son wagon de troisième, faisait signe avec son mouchoir pour être mieux reconnue. Si longtemps qu'elle put, si longtemps qu'elle distingua cette forme bleu noir qui était encore son petit-fils, elle le suivit des yeux, lui jetant de toute son âme cet « au revoir » toujours incertain que l'on dit aux marins quand ils s'en vont.

Regarde-le bien, pauvre vieille femme, ce petit Sylvestre ; jusqu'à la dernière minute, suis bien sa silhouette fuyante, qui s'efface là-bas pour jamais...

Et, quand elle ne le vit plus, elle retomba assise, sans souci de froisser sa belle coiffe, pleurant à sanglots, dans une angoisse de mort...

Lui, s'en retournait lentement, tête baissée, avec de grosses larmes descendant sur ses joues. La nuit d'automne était venue, le gaz allumé partout, la fête des matelots commencée. Sans prendre garde à rien, il traversa Brest, puis le pont de Recouvrance, se rendant au quartier.

— « Écoute ici, joli garçon », disaient déjà les voix enrouées de ces dames qui avaient commencé leurs cent pas sur les trottoirs.

Il rentra se coucher dans son hamac, et pleura tout seul, dormant à peine jusqu'au matin.

9

...Il avait pris le large, emporté très vite sur des mers inconnues, beaucoup plus bleues que celle de l'Islande.

Le navire qui le conduisait en extrême Asie avait ordre de se hâter, de brûler les relâches.

Déjà il avait conscience d'être bien loin, à cause de cette vitesse qui était incessante, égale, qui allait toujours, presque sans souci du vent ni de la mer. Étant gabier, il vivait dans sa mâture, perché comme un oiseau, évitant ces soldats entassés sur le pont, cette cohue d'en bas.

On s'était arrêté deux fois sur la côte de Tunis, pour prendre encore des zouaves et des mulets ; de très loin il avait aperçu des villes blanches sur des sables ou des montagnes. Il était même descendu de sa hune pour regarder curieusement des hommes très bruns, drapés de voiles blancs, qui étaient venus dans des barques pour vendre des fruits : les autres lui avaient dit que c'était ça, les Bédouins.

Cette chaleur et ce soleil, qui persistaient toujours, malgré la saison d'automne, lui donnaient l'impression d'un dépaysement extrême.

Un jour, on était arrivé à une ville appelée Port-Saïd. Tous les pavillons d'Europe flottaient dessus au bout de longues hampes, lui donnant un air de Babel en fête, et des sables miroitants l'entouraient comme une mer. On avait mouillé là à toucher les quais, presque au milieu des longues rues à maisons de bois. Jamais, depuis le départ, il n'avait vu si clair et de si près le monde du dehors, et cela l'avait distrait, cette agitation, cette profusion de bateaux.

Avec un bruit continuel de sifflets et de sirènes à vapeur, tous ces navires s'engouffraient dans une sorte de long canal, étroit comme un fossé, qui fuyait en ligne argentée dans l'infini de ces sables. Du haut de sa hune, il les voyait s'en aller comme en procession pour se perdre dans les plaines.

Sur ces quais circulaient toute espèce de costumes ; des hommes en robes de toutes les couleurs, affairés, criant, dans le grand coup de feu du transit. Et le soir, aux sifflets diaboliques des machines, étaient venus se mêler les tapages confus de plusieurs orchestres, jouant des choses bruyantes comme pour endormir les regrets déchirants de tous les exilés qui passaient.

Le lendemain, dès le soleil levé, ils étaient entrés eux aussi dans l'étroit ruban d'eau entre les sables, suivis d'une queue de bateaux de tous les pays. Cela avait duré deux jours, cette promenade à la file dans le désert ; puis une autre mer s'était ouverte devant eux, et ils avaient repris le large.

On marchait à toute vitesse toujours ; cette mer plus chaude avait à sa surface des marbrures rouges et quelquefois l'écume battue du sillage avait la couleur du sang. Il vivait presque tout le temps dans sa hune, se chantant tout bas à lui-même *Jean-François de Nantes*, pour se rappeler son frère Yann, l'Islande, le bon temps passé.

Quelquefois, dans le fond des lointains pleins de mirages, il voyait apparaître quelque montagne de nuance extraordinaire. Ceux qui menaient le navire connaissaient sans doute, malgré l'éloignement et le vague, ces caps avancés des continents qui sont comme des points de repère éternels sur les grands chemins du monde. Mais, quand on est gabier, on navigue emporté comme une chose, sans rien savoir, ignorant les distances et les mesures sur l'étendue qui ne finit pas.

Lui, n'avait que la notion d'un éloignement effroyable qui augmentait toujours ; mais il en avait la notion très nette, en regardant de haut ce sillage, bruissant, rapide, qui fuyait derrière ; en comptant depuis combien durait cette vitesse qui ne se ralentissait ni jour ni nuit.

En bas, sur le pont, la foule, les hommes entassés à l'ombre des tentes, haletaient avec accablement. L'eau, l'air, la lumière avaient pris une splendeur morne, écrasante ; et la fête éternelle de ces choses était comme une ironie pour les êtres, pour les existences organisées qui sont éphémères :

... Une fois, dans sa hune, il fut très amusé par des nuées de petits oiseaux, d'espèce inconnue, qui vinrent se jeter sur le navire comme des tourbillons de poussière noire. Ils se laissaient prendre et caresser, n'en pouvant plus. Tous les gabiers en avaient sur leurs épaules.

Mais bientôt les plus fatigués commencèrent à mourir.

...Ils mourraient par milliers, sur les vergues, sur les sabords, ces tout petits, au soleil terrible de la mer Rouge.

Ils étaient venus de par-delà les grands déserts, poussés par un vent de tempête. Par peur de tomber dans cet infini bleu qui était partout, ils s'étaient abattus, d'un dernier vol épuisé, sur ce bateau qui passait. Là-bas, au fond de quelque région lointaine de la Lybie, leur race avait pullulé dans des amours exubérantes. Leur race avait pullulé sans mesure, et il y en avait eu trop ; alors la mère aveugle, et sans âme, la mère nature, avait chassé d'un souffle cet excès de petits oiseaux avec la même impassibilité que s'il se fût agi d'une génération d'hommes.

Et ils mouraient tous sur ces ferrures chaudes du navire : le pont était jonché de leurs petits corps qui hier palpitaient de vie, de chants et d'amour... Petites loques noires, aux plumes mouillées, Sylvestre et les gabiers les ramassaient, étendant dans leurs mains, d'un air de commisération, ces fines ailes bleuâtres — et puis les poussaient au grand néant de la mer, à coups de balai...

Ensuite passèrent des sauterelles, filles de celles de Moïse, et le navire en fut couvert.

Puis on navigua encore plusieurs jours dans du bleu inaltérable où on ne voyait plus rien de vivant — si ce n'est des poissons quelquefois, qui volaient au ras de l'eau...

10

De la pluie, à torrents, sous le ciel lourd et tout noir — c'était l'Inde, Sylvestre venait de mettre le pied sur cette terre-là, le hasard l'ayant fait choisir à bord pour compléter *l'armement* d'une baleinière.

A travers l'épaisseur des feuillages, il recevait l'ondée tiède, et regardait autour de lui les choses étranges. Tout était magnifiquement vert ; les feuilles des arbres étaient faites comme des plumes gigantesques, et les gens qui se promenaient avaient de grands yeux veloutés qui semblaient se fermer sous le poids de leurs cils. Le vent qui poussait cette pluie sentait le musc et les fleurs.

Des femmes lui faisaient signe de venir : quelque chose comme le *Écoute ici, joli garçon,* entendu maintes fois dans Brest. Mais, au milieu de ce pays enchanté, leur appel était troublant et faisait passer des frissons dans la chair. Leurs poitrines superbes se bombaient sous les mousselines transparentes qui les drapaient ; elles étaient fauves et polies comme du bronze.

Hésitant encore, et pourtant fasciné par elles, il s'avançait déjà, peu à peu, pour les suivre...

... Mais voici qu'un petit coup de sifflet de marine, modulé en trilles d'oiseau, le rappela brusquement dans sa baleinière qui allait repartir.

Il prit sa course — et adieu les belles de l'Inde. Quand on se retrouva au large le soir, il était encore vierge comme un enfant.

Après une nouvelle semaine de mer bleue, on s'arrêta dans un autre pays de pluie et de verdure. Une nuée de bonshommes jaunes, qui poussaient des cris, envahit tout de suite le bord, apportant du charbon dans des paniers.

— Alors, nous sommes donc déjà en Chine ? demanda Sylvestre, voyant qu'ils avaient tous des figures de magot et des queues.

On lui dit que non ; encore un peu de patience : ce n'était que Singapour. Il remonta dans sa hune, pour éviter la poussière noirâtre que le vent promenait, tandis que le charbon des milliers de petits paniers s'entassait fiévreusement dans les soutes.

Enfin on arriva un jour dans un pays appelé Tourane, où se trouvait au mouillage une certaine *Circé* tenant un blocus. C'était le bateau auquel il se savait depuis longtemps destiné, et on l'y déposa avec son sac.

Le soir, par ces temps toujours chauds et tranquilles où il n'y avait rien à faire, ils se réunissaient sur le pont, isolés des autres, pour former ensemble une petite Bretagne de souvenir.

Il dut passer cinq mois d'inaction et d'exil dans cette baie triste, avant le moment désiré d'aller se battre.

11

Paimpol — le dernier jour de février — veille
du départ des pêcheurs pour l'Islande.

Gaud se tenait debout contre la porte de sa
chambre, immobile et devenue très pâle.

C'est que Yann était en bas, à causer avec son
père. Elle l'avait vu venir, et elle entendait vague-
ment résonner sa voix.

Ils ne s'étaient pas rencontrés de tout l'hiver,
comme si une fatalité les eût toujours éloignés
l'un de l'autre.

Après sa course à Pors-Even, elle avait fondé
quelque espérance sur le *pardon des Islandais*, où
l'on a beaucoup d'occasions de se voir et de causer, sur la place, le soir, dans les groupes. Mais,
dès le matin de cette fête, les rues étant déjà
tendues de blanc, ornées de guirlandes vertes,
une mauvaise pluie s'était mise à tomber à torrents, chassée de l'ouest par une brise gémissante
sur Paimpol, on n'avait jamais vu le ciel si noir.
« Allons, ceux de Ploubazlanec ne viendront
pas », avaient dit tristement les filles qui avaient
leurs amoureux de ce côté-là. Et en effet ils
n'étaient pas venus, ou bien s'étaient vite enfer-
més à boire. Pas de procession, pas de promenade, et elle, le cœur plus serré que de coutume,
était restée derrière ses vitres toute la soirée,

écoutant ruisseler l'eau des toits et monter du
fond des cabarets les chants bruyants des
pêcheurs.

Depuis quelques jours, elle avait prévu cette
visite d'Yann, se doutant bien que, pour cette
affaire de vente de barque non encore réglée, le
père Gaos, qui n'aimait pas venir à Paimpol,
enverrait son fils. Alors elle s'était promis qu'elle
irait à lui, ce que les filles ne font pas d'ordinaire,
qu'elle lui parlerait pour en avoir le cœur net.
Elle lui reprocherait de l'avoir troublée, puis
abandonnée, à la manière des garçons qui n'ont
pas d'honneur. Entêtement, sauvagerie, attache-
ment au métier de la mer, ou crainte d'un refus...
si tous ces obstacles indiqués par Sylvestre
étaient les seuls, ils pourraient bien tomber, qui
sait ! après un entretien franc comme serait le
leur. Et alors, peut-être, reparaîtrait son beau
sourire, qui arrangerait tout — ce même sourire,
qui l'avait tant surprise et charmée l'hiver
d'avant, pendant certaine nuit de bal passée tout
entière à valser entre ses bras. Et cet espoir lui
rendait du courage, l'emplissait d'une impatience
presque douce.

De loin, tout paraît toujours si facile, si simple
à dire et à faire.

Et, précisément, cette visite d'Yann tombait à
une heure choisie : et elle était sûre que son père,
en ce moment assis à fumer, ne se dérangerait
pas pour le reconduire ; donc, dans le corridor où
il n'y aurait personne elle pourrait avoir enfin son
explication avec lui.

Mais voici qu'à présent, le moment venu, cette
hardiesse lui semblait extrême. L'idée seulement
de le rencontrer, de le voir face à face au pied de
ces marches la faisait trembler. Son cœur battait
à se rompre... Et dire que, d'un moment à l'autre
cette porte en bas allait s'ouvrir — avec le petit
bruit grinçant qu'elle connaissait bien — pour lui
donner passage !

Non, décidément, elle n'oserait jamais ; plutôt se consumer d'attente et mourir de chagrin, que tenter une chose pareille. Et déjà elle avait fait quelques pas pour retourner au fond de sa chambre, s'asseoir et travailler.

Mais elle s'arrêta encore, hésitante, effarée, se rappelant que c'était demain le départ pour l'Islande, et que cette occasion de le voir était unique. Il faudrait donc, si elle la manquait, recommencer des mois de solitude et d'attente, languir après son retour, perdre encore tout un été de sa vie...

En bas, la porte s'ouvrit : Yann sortait ! Brusquement résolue, elle descendit en courant l'escalier, et arriva, tremblante, se planter devant lui.

— Monsieur Yann, je voudrais vous parler, s'il vous plaît.

— A moi !... mademoiselle Gaud ?... dit-il en baissant la voix, portant la main à son chapeau.

Il la regardait d'un air sauvage, avec ses yeux vifs, la tête rejetée en arrière, l'expression dure, ayant même l'air de se demander si seulement il s'arrêterait. Un pied en avant, prêt à fuir, il plaquait ses larges épaules à la muraille, comme pour être moins près d'elle dans ce couloir étroit où il se voyait pris.

Glacée, alors, elle ne retrouvait plus rien de ce qu'elle avait préparé pour lui dire : elle n'avait pas prévu qu'il pourrait lui faire cet affront-là, de passer sans l'avoir écoutée...

— Est-ce que notre maison vous fait peur, monsieur Yann ? demanda-t-elle d'un ton sec et bizarre, qui n'était pas celui qu'elle voulait avoir.

Lui, détournait les yeux, regardant dehors. Ses joues étaient devenues très rouges, une montée de sang lui brûlait le visage, et ses narines mobiles se dilataient à chaque respiration, suivant les mouvements de sa poitrine, comme celles des taureaux.

Elle essaya de continuer :

— Le soir du bal où nous étions ensemble, vous m'aviez dit au revoir comme on ne le dit pas à une indifférente... Monsieur Yann, vous êtes sans mémoire donc... Que vous ai-je fait ?...

... Le mauvais vent d'ouest qui s'engouffrait là, venant de la rue, agitait les cheveux d'Yann, les ailes de la coiffe de Gaud, et, derrière eux, fit furieusement battre une porte. On était mal dans ce corridor pour parler de choses graves. Après ces premières phrases, étranglées dans sa gorge, Gaud restait muette, sentant tourner sa tête, n'ayant plus d'idées. Ils s'étaient avancés vers la porte de la rue, lui, fuyant toujours.

Dehors, il ventait avec un grand bruit et le ciel était noir. Par cette porte ouverte, un éclairage livide et triste tombait en plein sur leurs figures. Et une voisine d'en face les regardait : qu'est-ce qu'ils pouvaient se dire, ces deux-là, dans ce corridor, avec des airs si troubles ? qu'est-ce qui se passait donc chez les Mével ?

— Non, mademoiselle Gaud, répondit-il à la fin en se dégageant avec une aisance de fauve. Déjà j'en ai entendu dans le pays, qui parlaient sur nous... Non, mademoiselle Gaud... Vous êtes riche, nous ne sommes pas gens de la même classe. Je ne suis pas un garçon à venir chez vous, moi.

Et il s'en alla...

Ainsi tout était fini, fini à jamais. Et elle n'avait même rien dit de ce qu'elle voulait dire, dans cette entrevue qui n'avait réussi qu'à la faire passer à ses yeux pour une effrontée... Quel garçon était-il donc, ce Yann, avec son dédain des filles, son dédain de l'argent, son dédain de tout !...

Elle restait d'abord clouée sur place, voyant les choses remuer autour d'elle, avec du vertige...

Et puis une idée, plus intolérable que toutes, lui vint comme un éclair : des camarades d'Yann, des Islandais, faisaient les cent pas sur la place, l'attendant ! S'il allait leur raconter cela, s'amuser d'elle, comme ce serait un affront encore plus odieux ! Elle remonta vite dans sa chambre, pour les observer à travers ses rideaux...

Devant la maison, elle vit en effet le groupe de ces hommes. Mais ils regardaient tout simplement le temps, qui devenait de plus en plus sombre, et faisaient des conjectures sur la grande pluie menaçante, disant :

— Ce n'est qu'un grain ; entrons boire, tandis que ça passera.

Et puis ils plaisantèrent à haute voix sur Jeannie Caroff, sur différentes belles ; mais aucun ne se retourna vers sa fenêtre.

Ils étaient gais tous, excepté lui qui ne répondait pas, ne souriait pas, mais demeurait grave et triste. Il n'entra point boire avec les autres et, sans plus prendre garde à eux ni à la pluie commencée, marchant lentement sous l'averse comme quelqu'un absorbé dans une rêverie, il traversa la place dans la direction de Ploubazlanec...

Alors elle lui pardonna tout, et un sentiment de tendresse sans espoir prit la place de l'amer dépit qui lui était d'abord monté au cœur.

Elle s'assit, la tête dans ses mains. Que faire à présent ?

Oh ! S'il avait pu l'écouter rien qu'un moment ; plutôt, s'il pouvait venir là, seul avec elle dans cette chambre où on se parlerait en paix, tout s'expliquerait peut-être encore.

Elle l'aimait assez pour oser le lui avouer en face. Elle lui dirait : « Vous m'avez cherchée quand je ne vous demandais rien ; à présent, je suis à vous de toute mon âme si vous me voulez ; voyez, je ne redoute pas de devenir la femme d'un pêcheur, et cependant, parmi les garçons de Paimpol, je n'aurais qu'à choisir si j'en désirais un pour mari ; mais je vous aime, vous, parce que, malgré tout, je vous crois meilleur que les autres jeunes hommes ; je suis un peu riche, je sais que je suis jolie ; bien que j'aie habité dans les villes, je vous jure que je suis une fille sage, n'ayant jamais rien fait de mal ; alors, puisque je vous aime tant, pourquoi ne me prendriez-vous pas ? »

... Mais tout cela ne serait jamais exprimé, jamais dit qu'en rêve : il était trop tard, Yann ne l'entendait point. Tenter de lui parler une seconde fois... oh ! non ! pour quelle espèce de créature la prendrait-il, alors !... Elle aimerait mieux mourir.

Et demain, ils partaient tous pour l'Islande !

Seule dans sa belle chambre, où entrait le jour blanchâtre de février, ayant froid, assise au hasard sur une des chaises rangées le long du mur, il lui semblait voir crouler le monde, avec les choses présentes et les choses à venir, au fond d'un vide morne, effroyable, qui venait de se creuser partout autour d'elle.

Elle souhaitait être débarrassée de la vie, être déjà couchée bien tranquille sous une pierre, pour ne plus souffrir... Mais, vraiment, elle lui pardonnait, et aucune haine n'était mêlée à son amour désespéré pour lui...

12

La mer, la mer grise.

Sur la grand-route non tracée qui mène, chaque été, les pêcheurs en Islande, Yann filait doucement depuis un jour.

La veille, quand on était parti au chant des vieux cantiques, il soufflait une brise du sud, et tous les navires, couverts de voiles, s'étaient dispersés comme des mouettes.

Puis cette brise était devenue plus molle, et les marches s'étaient ralenties ; des bancs de brume voyageaient au ras des eaux.

Yann était peut-être plus silencieux que d'habitude. Il se plaignait du temps trop calme et paraissait avoir besoin de s'agiter, pour chasser de son esprit quelque obsession. Il n'y avait pourtant rien à faire, qu'à glisser tranquillement au milieu de choses tranquilles ; rien qu'à respirer et à se laisser vivre. En regardant on ne voyait que des grisailles profondes ; en écoutant, on n'entendait que du silence...

... Tout à coup, un bruit sourd, à peine perceptible, mais inusité et venu d'en dessous avec une sensation de raclement, comme en voiture lorsque l'on serre les freins des roues ! Et la *Marie*, cessant sa marche, demeura immobilisée...

Échoués ! ! ! où et sur quoi ? Quelque banc de la côte anglaise, probablement. Aussi, on ne voyait rien depuis la veille au soir, avec ces brumes en rideaux.

Les hommes s'agitaient, couraient, et leur excitation de mouvement contrastait avec cette tranquillité brusque, figée, de leur navire. Voilà, elle s'était arrêtée à cette place, la *Marie*, et n'en bougeait plus. Au milieu de cette immensité de choses fluides, qui, par ces temps mous, semblaient n'avoir même pas de consistance, elle avait été saisie par je ne sais quoi de résistant et d'immuable qui était dissimulé sous ces eaux ; elle y était bien prise et risquait peut-être d'y mourir.

Qui n'a vu un pauvre oiseau, une pauvre mouche s'attraper par les pattes à de la glu ?

D'abord on ne s'en aperçoit guère ; cela ne change pas leur aspect ; il faut savoir qu'ils sont pris par en dessous et en danger de ne s'en tirer jamais.

C'est quand ils se débattent ensuite, que la chose collante vient souiller leurs ailes, leur tête, et que, peu à peu, ils prennent cet air pitoyable d'une bête en détresse qui va mourir.

Pour la *Marie*, c'était ainsi ; au commencement cela ne paraissait pas beaucoup ; elle se tenait bien un peu inclinée, il est vrai, mais c'était en plein matin, par un beau temps calme ; il fallait *savoir* pour s'inquiéter et comprendre que c'était grave.

Le capitaine faisait un peu pitié, lui qui avait commis la faute en ne s'occupant pas assez du point où l'on était : il secouait ses mains en l'air, en disant :

— *Ma Doué ! ma Doué !* sur un ton de désespoir.

Tout près d'eux, dans une éclaircie, se dessina un cap qu'ils ne reconnaissaient pas bien. Il s'embruma presque aussitôt : on ne le distingua plus.

D'ailleurs, aucune voile en vue, aucune fumée.
— Et pour le moment, ils aimaient presque mieux cela : ils avaient grande crainte de ces sauveteurs anglais qui viennent de force vous tirer de peine à leur manière, et dont il faut se défendre comme des pirates.

Ils se démenaient tous, changeant, chavirant l'arrimage. Turc, leur chien, qui ne craignait pourtant pas les mouvements de la mer, était très émotionné, lui aussi, par cet incident : ces bruits d'en dessous, ces secousses dures quand la houle passait, et puis ces immobilités, il comprenait très bien que tout cela n'était pas naturel, et se cachait dans les coins, la queue basse.

Après, ils amenèrent des embarcations pour mouiller des ancres, essayer de se *déhaler*, en réunissant toutes leurs forces sur des amarres — une rude manœuvre qui dura dix heures d'affilée — et, le soir venu, le pauvre bateau, arrivé le matin si propre et pimpant, prenait déjà mauvaise figure, inondé, souillé, en plein désarroi. Il s'était débattu, secoué de toutes les manières et restait toujours là, cloué comme un bateau mort.

La nuit allait les prendre, le vent se levait et la houle était plus haute ; cela tournait mal, quand, tout à coup, vers six heures, les voilà dégagés, partis, cassant les amarres qu'ils avaient laissées pour se tenir... Alors on vit les hommes courir comme des fous de l'avant à l'arrière en criant :
— Nous flottons !

Ils flottaient en effet ; mais comment dire cette joie-là, de *flotter* ; de se sentir s'en aller, redevenir une chose légère, vivante, au lieu d'un commencement d'épave qu'on était tout à l'heure !

Et, du même coup, la tristesse d'Yann s'était envolée aussi. Allégé comme son bateau, guéri par la saine fatigue de ses bras, il avait retrouvé son air insouciant, secoué ses souvenirs.

Le lendemain matin, quand on eut fini de relever les ancres, il continua sa route vers sa froide Islande, le cœur en apparence aussi libre que dans ses premières années.

13

On distribuait un courrier de France, là-bas, à bord de la *Circé*, en rade d'Ha-Long, à l'autre bout de la terre. Au milieu d'un groupe serré de matelots, le vaguemestre appelait à haute voix les noms des heureux qui avaient des lettres. Cela se passait le soir, dans la batterie, en se bousculant autour d'un fanal.

— « Moan, Sylvestre ! » — Il y en avait une pour lui, une qui était bien timbrée de Paimpol — mais ce n'était pas l'écriture de Gaud ! — Qu'est-ce que cela voulait dire ? Et de qui venait-elle ?

L'ayant tournée et retournée, il l'ouvrit craintivement.

Ploubazlanec, ce 5 mars 1884.

« Mon cher petit-fils, »

C'était bien de sa bonne vieille grand-mère ; alors il respira mieux. Elle avait même apposé au bas sa grosse signature apprise par cœur, toute tremblée et écolière :

« Veuve Moan. »

Veuve Moan. Il porta le papier à ses lèvres, d'un mouvement irréfléchi, et embrassa ce pauvre nom comme une sainte amulette. C'est que cette lettre arrivait à une heure suprême de sa vie : demain matin, dès le jour, il partait pour aller au feu.

On était au milieu d'avril ; Bac-Ninh et Hong-Hoa venaient d'être pris. Aucune grande opération n'était prochaine dans ce Tonkin — pourtant les renforts qui arrivaient ne suffisaient pas — alors on prenait à bord des navires tout ce qu'ils pouvaient encore donner pour compléter les compagnies de marins déjà débarquées. Et Sylvestre, qui avait langui longtemps dans les croisières et les blocus, venait d'être désigné avec quelques autres pour combler des vides dans ces compagnies-là.

En ce moment, il est vrai, on parlait de paix ; mais quelque chose leur disait tout de même qu'ils débarqueraient encore à temps pour se battre un peu. Ayant arrangé leurs sacs, terminé leurs préparatifs, et fait leurs adieux, ils s'étaient promenés toute la soirée au milieu des autres qui restaient, se sentant grandis et fiers auprès de ceux-là ; chacun à sa manière manifestait ses impressions de départ, les uns graves, un peu recueillis ; les autres se répandant en exubérantes paroles.

Sylvestre, lui, était assez silencieux et concentrait en lui-même son impatience d'attente ; seulement quand on le regardait, son petit sourire contenu disait bien : « Oui, j'en suis en effet, et c'est pour demain matin. » La guerre, le feu, il ne s'en faisait encore qu'une idée incomplète ; mais cela le fascinait pourtant, parce qu'il était de vaillante race.

... Inquiet de Gaud, à cause de cette écriture étrangère, il cherchait à s'approcher d'un fanal pour pouvoir bien lire. Et c'était difficile au milieu de ces groupes d'hommes demi-nus, qui se pressaient là, pour lire aussi, dans la chaleur irrespirable de cette batterie...

Dès le début de sa lettre, comme il l'avait prévu, la grand-mère Yvonne expliquait pourquoi elle avait été obligée de recourir à la main peu experte d'une vieille voisine :

« Mon cher enfant, je ne te fais pas écrire cette fois par ta cousine, parce qu'elle est bien dans la peine. Son père a été pris de mort subite, il y a deux jours. Et il paraît que toute sa fortune a été mangée, à de mauvais jeux d'argent qu'il avait faits cet hiver dans Paris. On va donc vendre sa maison et ses meubles. C'est une chose à laquelle personne ne s'attendait dans le pays. Je pense, mon cher enfant, que cela va te faire comme à moi beaucoup de peine.

« Le fils Gaos te dit bien le bonjour ; il a renouvelé engagement avec le capitaine Guermeur, toujours sur la *Marie*, et le départ pour l'Islande a eu lieu d'assez bonne heure cette année. Ils ont appareillé le 1ᵉʳ du courant, l'avant-veille du grand malheur arrivé à notre pauvre Gaud, et ils n'en ont pas eu connaissance encore.

« Mais tu dois bien penser, mon cher fils, qu'à présent c'est fini, nous ne les marierons pas ; car ainsi elle va être obligée de travailler pour gagner son pain... »

...Il resta atterré ; ces mauvaises nouvelles lui avaient gâté toute sa joie d'aller se battre...

TROISIÈME PARTIE

1

Dans l'air, une balle qui siffle !... Sylvestre s'arrête court, dressant l'oreille...

C'est sur une plaine infinie, d'un vert tendre et velouté de printemps. Le ciel est gris, pesant aux épaules.

Ils sont là six matelots armés, en reconnaissance au milieu des fraîches rizières, dans un sentier de boue...

... Encore !... ce même bruit dans le silence de l'air ! — Bruit aigre et ronflant, espèce de *dzinn* prolongé, donnant bien l'impression de la petite chose méchante et dure qui passe là tout droit, très vite, et dont la rencontre peut être mortelle.

Pour la première fois de sa vie, Sylvestre écoute cette musique-là. Ces balles qui vous arrivent sonnent autrement que celles que l'on tire soi-même : le coup de feu, parti de loin, est atténué, on ne l'entend plus ; alors on distingue mieux ce petit bourdonnement de métal, qui file en traînée rapide, frôlant vos oreilles...

... Et *dzinn* encore, et *dzinn* ! Il en pleut maintenant, des balles. Tout près des marins, arrêtés net, elles s'enfoncent dans le sol inondé de la rizière, chacune avec un petit *flac* de grêle, sec et rapide, et un léger éclaboussement d'eau.

Eux se regardent, en souriant comme d'une farce drôlement jouée, et ils disent :

— Les Chinois ! (Annamites, Tonkinois, Pavil-
lons-Noirs, pour les matelots, tout cela, c'est de la
même famille chinoise.)

Et comment rendre ce qu'ils mettent de
dédain, de vieille rancune moqueuse, d'entrain
pour se battre, dans cette manière de les annoncer : « Les Chinois ! »

Deux ou trois balles sifflent encore, plus
rasantes, celles-ci ; on les voit ricocher, comme
des sauterelles dans l'herbe. Cela n'a pas duré
une minute, ce petit arrosage de plomb, et déjà
cela cesse. Sur la grande plaine verte, le silence
absolu revient, et nulle part on n'aperçoit rien qui
bouge.

Ils sont tous les six encore debout, l'œil au
guet, prenant le vent, ils cherchent d'où cela a pu
venir.

De là-bas, sûrement, de ce bouquet de bam-
bous, qui fait dans la plaine comme un îlot de
plumes, et derrière lesquels apparaissent, à demi
cachées, des toitures cornues. Alors ils y courent ;
dans la terre détrempée de la rizière, leurs pieds
s'enfoncent ou glissent ; Sylvestre, avec ses
jambes plus longues et plus agiles, est celui qui
court devant.

Rien ne siffle plus ; on dirait qu'ils ont rêvé...

Et comme, dans tous les pays du monde, certaines choses sont toujours et éternellement les
mêmes — le gris des ciels couverts, la teinte
fraîche des prairies au printemps — on croirait
voir les champs de France, avec des jeunes
hommes courant là gaîment, pour tout autre jeu
que celui de la mort.

Mais, à mesure qu'ils s'approchent, ces bam-
bous montrent mieux la finesse exotique de leur
feuillée, ces toits de village accentuent l'étrangeté
de leur courbure, et des hommes jaunes, embus-
qués derrière, avancent, pour regarder, leurs
figures plates contractées par la malice et la

peur... Puis brusquement, ils sortent en jetant un cri, et se déploient en une longue ligne tremblante, mais décidée et dangereuse.

— Les Chinois ! disent encore les matelots, avec leur même brave sourire.

Mais c'est égal, ils trouvent cette fois qu'il y en a beaucoup, qu'il y en a trop. Et l'un d'eux, en se retournant, en aperçoit d'autres, qui arrivent par derrière, émergeant d'entre les herbages.

... Il fut très beau, dans cet instant, dans cette journée, le petit Sylvestre ; sa vieille grand-mère eût été fière de le voir si guerrier !

Déjà transfiguré depuis quelques jours, bronzé, la voix changée, il était là comme dans un élément à lui. A une minute d'indécision suprême, les matelots, éraflés par les balles, avaient presque commencé ce mouvement de recul qui eût été leur mort à tous ; mais Sylvestre avait continué d'avancer ; ayant pris son fusil par le canon, il tenait tête à tout un groupe, fauchant de droite et de gauche, à grands coups de crosse qui assommaient. Et, grâce à lui, la partie avait changé de tournure : cette panique, cet affolement, ce je ne sais quoi, qui décide aveuglément de tout, dans ces petites batailles non dirigées, était passé du côte des Chinois ; c'étaient eux qui avaient commencé à reculer.

... C'était fini, maintenant, ils fuyaient. Et les six matelots, ayant rechargé leurs armes à tir rapide, les abattaient à leur aise ; il y avait des flaques rouges dans l'herbe, des corps effondrés, des crânes versant leur cervelle dans l'eau de la rizière.

Ils fuyaient tout courbés, rasant le sol, s'aplatissant comme des léopards. Et Sylvestre courait après, déjà blessé deux fois, un coup de lance à la cuisse, une entaille profonde dans le bras ; mais ne sentant rien que l'ivresse de se battre, cette ivresse non raisonnée qui vient du sang vigou-

reux, celle qui donne aux simples le courage
superbe, celle qui faisait les héros antiques.

Un, qu'il poursuivait, se retourna pour le
mettre en joue, dans une inspiration de terreur
désespérée. Sylvestre s'arrêta, souriant, mépri-
sant, sublime, pour le laisser décharger son
arme, puis se jeta un peu sur la gauche, voyant la
direction du coup qui allait partir. Mais, dans le
mouvement de détente, le canon de ce fusil dévia
par hasard dans le même sens. Alors, lui, sentit
une commotion à la poitrine, et, comprenant
bien ce que c'était, par un éclair de pensée, même
avant toute douleur, il détourna la tête vers les
autres marins qui suivaient, pour essayer de leur
dire, comme un vieux soldat la phrase consa-
crée : « Je crois que j'ai mon compte ! » Dans la
grande aspiration qu'il fit, venant de courir, pour
prendre, avec sa bouche de l'air plein ses pou-
mons, il en sentit entrer aussi, par un trou à son
sein droit, avec un petit bruit horrible, comme
dans un soufflet crevé. En même temps, sa
bouche s'emplit de sang tandis qu'il lui venait au
côté une douleur aiguë qui s'exaspérait vite, vite,
jusqu'à être quelque chose d'atroce et d'indicible.

Il tourna sur lui-même deux ou trois fois, la
tête perdue de vertige et cherchant à reprendre
son souffle au milieu de tout ce liquide rouge
dont la montée l'étouffait — et puis, lourdement,
dans la boue, il s'abattit.

2

Environ quinze jours après, comme le ciel se faisait déjà plus sombre à l'approche des pluies, et la chaleur plus lourde sur ce Tonkin jaune, Sylvestre, qu'on avait rapporté à Hanoï, fut envoyé en rade d'Ha-Long et mis à bord d'un navire-hôpital qui rentrait en France.

Il avait été longtemps promené sur divers brancards, avec des temps d'arrêt dans des ambulances. On avait fait ce qu'on avait pu ; mais, dans ces conditions mauvaises, sa poitrine s'était remplie d'eau, du côté percé, et l'air entrait toujours, en gargouillant, par ce trou qui ne se fermait pas.

On lui avait donné la médaille militaire et il en avait eu un moment de joie.

Mais il n'était plus le guerrier d'avant, à l'allure décidée, à la voix vibrante et brève. Non, tout cela était tombé devant la longue souffrance et la fièvre amollissante. Il était redevenu enfant, avec le mal du pays ; il ne parlait presque plus, répondant à peine d'une petite voix douce, presque éteinte. Se sentir si malade, et être si loin, si loin ; penser qu'il faudrait tant de jours et de jours avant d'arriver au pays — vivrait-il seulement jusque-là, avec ses forces qui diminuaient ?... Cette notion d'effroyable éloignement était une chose qui l'obsédait sans cesse ; qui l'oppressait à ses réveils — quand, après les heures d'assoupissements, il retrouvait la sensation affreuse de ses plaies, la chaleur de sa fièvre et le petit bruit soufflant de sa poitrine crevée. Aussi il avait supplié qu'on l'embarquât, au risque de tout.

Il était très lourd à porter dans son cadre ; alors, sans le vouloir, on lui donnait des secousses cruelles en le charroyant.

A bord de ce transport qui allait partir, on le coucha dans l'un des petits lits de fer alignés à l'hôpital et il recommença en sens inverse sa longue promenade à travers les mers. Seulement, cette fois, au lieu de vivre comme un oiseau dans le plein vent des hunes, c'était dans les lourdeurs d'en bas, au milieu des exhalaisons de remèdes, de blessures et de misères.

Les premiers jours, la joie d'être en route avait amené en lui un peu de mieux. Il pouvait se tenir soulevé sur son lit avec des oreillers et de temps en temps il demandait sa boîte. Sa boîte de matelot était le coffret de bois blanc acheté à Paimpol, pour mettre ses choses précieuses ; on y trouvait les lettres de la grand-mère Yvonne, celles d'Yann et de Gaud, un cahier où il avait copié des chansons du bord, et un livre de Confucius en chinois, pris au hasard d'un pillage, sur lequel, au revers blanc des feuillets, il avait inscrit le journal naïf de sa campagne.

Le mal pourtant ne s'améliorait pas et, dès la première semaine, les médecins pensèrent que la mort ne pouvait plus être évitée.

... Près de l'Équateur maintenant, dans l'excessive chaleur des orages. Le transport s'en allait, secouant ses lits, ses blessés et ses malades ; s'en allait toujours vite, sur une mer remuée, tourmentée encore comme au renversement des moussons.

Depuis le départ d'Ha-Long, il en était mort plus d'un, qu'il avait fallu jeter dans l'eau profonde, sur ce grand chemin de France, beaucoup de ces petits lits s'étaient débarrassés déjà de leur pauvre contenu.

Et ce jour-là, dans l'hôpital mouvant, il faisait très sombre : on avait été obligé, à cause de la houle, de fermer les mantelets en fer des sabords, et cela rendait plus horrible cet étouffoir de malades.

Il allait plus mal, lui ; c'était la fin. Couché toujours sur son côté percé, il le comprimait des deux mains, avec tout ce qui lui restait de force, pour immobiliser cette eau, cette décomposition liquide dans ce poumon droit, et tâcher de respirer seulement avec l'autre. Mais cet autre aussi, peu à peu, s'était pris par voisinage, et l'angoisse suprême était commencée.

Toute sorte de visions du pays hantaient son cerveau mourant ; dans l'obscurité chaude, des figures aimées ou affreuses venaient se pencher sur lui ; il était dans un perpétuel rêve d'halluciné, où passaient la Bretagne et l'Islande.

Le matin, il avait fait appeler le prêtre, et celui-ci, qui était un vieillard habitué à voir mourir des matelots, avait été surpris de trouver, sous cette enveloppe si virile, la pureté d'un petit enfant.

Il demandait de l'air, de l'air ; mais il n'y en avait nulle part ; les manches à vent n'en donnaient plus ; l'infirmier, qui l'éventait tout le temps avec un éventail à fleurs chinoises, ne faisait que remuer sur lui des buées malsaines, des fadeurs déjà cent fois respirées, dont les poitrines ne voulaient plus.

Quelquefois, il lui prenait des rages désespérées pour sortir de ce lit, où il sentait si bien la mort venir ; d'aller au plein vent là-haut, essayer de revivre... Oh ! les autres, qui cou-

raient dans les haubans, qui habitaient dans les
hunes !... Mais tout son grand effort pour s'en
aller n'aboutissait qu'à un soulèvement de sa
tête et de son cou affaibli — quelque chose
comme ces mouvements incomplets que l'on
fait pendant le sommeil. — Eh ! non, il ne pouvait plus ; il retombait dans les mêmes creux de
son lit défait, déjà englué là par la mort ; et
chaque fois, après la fatigue d'une telle
secousse, il perdait pour un instant conscience
de tout.

Pour lui faire plaisir, on finit par ouvrir un
sabord, bien que ce fût encore dangereux, la
mer n'étant pas assez calmée. C'était le soir,
vers six heures. Quand cet auvent de fer fut
soulevé, il entra de la lumière seulement, de
l'éblouissante lumière rouge. Le soleil couchant
apparaissait à l'horizon avec une extrême
splendeur, dans la déchirure d'un ciel sombre ;
sa lueur aveuglante se promenait au roulis, et il
éclairait cet hôpital en vacillant, comme une
torche que l'on balance.

De l'air, non, il n'en vint point ; le peu qu'il y
en avait dehors était impuissant à entrer ici, à
chasser les senteurs de la fièvre. Partout, à
l'infini, sur cette mer équatoriale, ce n'était
qu'humidité chaude, que lourdeur irrespirable.
Pas d'air nulle part, pas même pour les mourants qui haletaient.

... Une dernière vision l'agita beaucoup ; sa
vieille grand-mère, passant sur un chemin, très
vite, avec une expression d'anxiété déchirante ;
la pluie tombait sur elle, de nuages bas et
funèbres ; elle se rendait à Paimpol, mandée au
bureau de la marine pour y être informée qu'il
était mort.

Il se débattait maintenant ; il râlait. On épon-
geait aux coins de sa bouche de l'eau et du sang,
qui étaient remontés de sa poitrine, à flots, pen-

dant ses contorsions d'agonie. Et le soleil
magnifique l'éclairait toujours ; au couchant,
on eût dit l'incendie de tout un monde, avec du
sang plein les nuages ; par le trou de ce sabord
ouvert entrait une large bande de feu rouge, qui
venait finir sur le lit de Sylvestre, faire un
nimbe autour de lui.

... A ce moment, ce soleil se voyait aussi là-
bas, en Bretagne, où midi allait sonner. Il était
bien le même soleil, et au même instant précis
de sa durée sans fin ; là, pourtant, il avait une
couleur très différente ; se tenant plus haut
dans un ciel bleuâtre, il éclairait d'une douce
lumière blanche la grand-mère Yvonne, qui travaillait à coudre, assise sur sa porte.

En Islande, où c'était le matin, il paraissait
aussi, à cette même minute de mort. Pâli davantage, on eût dit qu'il ne parvenait à être vu là
que par une sorte de tour de force d'obliquité. Il
rayonnait tristement, dans un fiord où dérivait
la *Marie*, et son ciel était cette fois d'une de ces
puretés hyperboréennes qui éveillent des idées
de planètes refroidies n'ayant plus d'atmosphère. Avec une netteté glacée, il accentuait les
détails de ce chaos de pierres qui est l'Islande :
tout ce pays, vu de la *Marie*, semblait plaqué sur
un même plan et se tenir debout. Yann, qui
était là, éclairé un peu étrangement lui aussi,
pêchait comme d'habitude, au milieu de ces
aspects lunaires.

... Au moment où cette traînée de feu rouge,
qui entrait par ce sabord de navire, s'éteignit,
où le soleil équatorial disparut tout à fait dans
les eaux dorées, on vit les yeux du petit-fils
mourant se chavirer, se retourner vers le front
comme pour disparaître dans la tête. Alors on
abaissa dessus les paupières avec leurs longs
cils — et Sylvestre redevint très beau et calme,
comme un marbre couché...

3

...Aussi bien, je ne puis m'empêcher de conter cet enterrement de Sylvestre que je conduisis moi-même là-bas, dans l'île de Singapour. On en avait assez jeté d'autres dans la mer de Chine pendant les premiers jours de la traversée ; comme cette terre malaise était là tout près, on s'était décidé à le garder quelques heures de plus pour l'y mettre.

C'était le matin, de très bonne heure, à cause du terrible soleil. Dans le canot qui l'emporta, son corps était recouvert du pavillon de France. La grande ville étrange dormait encore quand nous accostâmes la terre. Un petit fourgon, envoyé par le consul, attendait sur le quai ; nous y mîmes Sylvestre et la croix de bois qu'on lui avait faite à bord ; la peinture en était encore fraîche, car il avait fallu se hâter, et les lettres blanches de son nom coulaient sur le fond noir.

Nous traversâmes cette Babel au soleil levant. Et puis ce fut une émotion, de retrouver là, à deux pas de l'immonde grouillement chinois, le calme d'une église française. Sous cette haute nef blanche, où j'étais seul avec mes matelots, le *Diesiræ* chanté par un prêtre missionnaire résonnait comme une douce incantation magique. Par les portes ouvertes, on voyait des choses qui ressemblaient à des jardins enchantés, des verdures admirables, des palmes immenses ; le vent secouait les grands arbres en fleurs, et c'était une pluie de pétales d'un rouge de carmin qui tombaient jusque dans l'église.

Après, nous sommes allés au cimetière, très loin. Notre petit cortège de matelots était bien modeste, le cercueil toujours recouvert du pavillon de France. Il nous fallut traverser des quartiers chinois, un fourmillement de monde jaune ; puis des faubourgs malais, indiens, où toute sorte de figures d'Asie nous regardaient passer avec des yeux étonnés.

Ensuite, la campagne, déjà chaude ; des chemins ombreux où volaient d'admirables papillons aux ailes de velours bleu. Un grand luxe de fleurs, de palmiers ; toutes les splendeurs de la sève équatoriale. Enfin, le cimetière : des tombes mandarines, avec des inscriptions multicolores, des dragons et des monstres ; d'étonnants feuillages, des plantes inconnues. L'endroit où nous l'avons mis ressemble à un coin des jardins d'Indra.

Sur sa terre, nous avons planté cette petite croix de bois qu'on lui avait faite à la hâte pendant la nuit :

SYLVESTRE MOAN
DIX-NEUF ANS

Et nous l'avons laissé là, pressés de repartir à cause de ce soleil qui montait toujours, nous retournant pour le voir, sous ses arbres merveilleux, sous ses grandes fleurs.

4

Le transport continuait sa route à travers l'océan Indien. En bas, dans l'hôpital flottant, il y avait encore des misères enfermées. Sur le pont, on ne voyait qu'insouciance, santé et jeunesse. Alentour, sur la mer, une vraie fête d'air pur et de soleil.

Par ces beaux temps d'alizés, les matelots, étendus à l'ombre des voiles, s'amusaient avec leurs perruches, à les faire courir. (Dans ce Singapour d'où ils venaient, on vend aux marins qui passent toute sorte de bêtes apprivoisées.)

Ils avaient tous choisi des bébés de perruches, ayant de petits airs enfantins sur leurs figures d'oiseau ; pas encore de queue, mais déjà vertes, oh ! d'un vert admirable. Les papas et les mamans avaient été verts ; alors elles, toutes petites, avaient hérité inconsciemment cette couleur-là ; posées sur ces planches si propres du navire, elles ressemblaient à des feuilles très fraîches tombées d'un arbre des tropiques.

Quelquefois on les réunissait toutes ; alors elles s'observaient entre elles, drôlement ; elles se mettaient à tourner le cou en tous sens, comme pour s'examiner sous différents aspects. Elles marchaient comme des boiteuses, avec des petits trémoussements comiques, partant tout d'un coup très vite, empressées, on ne sait pour quelle patrie ; et il y en avait qui tombaient.

Et puis les guenons apprenaient à faire des tours, et c'était un autre amusement. Il y en avait de tendrement aimées, qui étaient embrassées avec transport, et qui se pelotonnaient tout contre la poitrine dure de leurs maîtres en les regardant avec des yeux de femme, moitié grotesques, moitié touchantes.

Au coup de trois heures, les fourriers apportèrent sur le pont deux sacs de toile, scellés de gros cachets en cire rouge, et marqués au nom de Sylvestre ; c'était pour vendre à la criée — comme le règlement l'exige pour les morts — tous ses vêtements, tout ce qui lui avait appartenu au monde. Et les matelots, avec entrain, vinrent se grouper autour ; à bord d'un navire-hôpital, on en voit assez souvent, de ces ventes de sac, pour que cela n'émotionne plus. Et puis, sur ce bateau, on avait si peu connu Sylvestre.

Ses vareuses, ses chemises, ses maillots à raies bleues, furent palpés, retournés et puis enlevés à des prix quelconques, les acheteurs surfaisant pour s'amuser.

Vint le tour de la petite boîte sacrée, qu'on adjugea cinquante sous. On en avait retiré, pour remettre à la famille les lettres et la médaille militaire ; mais il y restait le cahier de chansons, le livre de Confucius, et le fil, les boutons, les aiguilles, toutes les petites choses disposées là par la prévoyance de grand-mère Yvonne pour réparer et recoudre.

Ensuite le fourrier, qui exhibait les objets à vendre, présenta deux petits bouddhas, pris dans une pagode pour être donnés à Gaud, et si drôle de tournure qu'il y eut un fou rire quand on les vit apparaître comme dernier lot. S'ils riaient, les marins, ce n'était pas par manque de cœur, mais par irréflexion seulement.

Pour finir, on vendit les sacs, et l'acheteur entreprit aussitôt de rayer le nom inscrit dessus pour mettre le sien à la place.

Un soigneux coup de balai fut donné après, afin de bien débarrasser ce pont si propre des poussières ou des débris de fil tombés de ce déballage.

Et les matelots retournèrent gaîment s'amuser avec leurs perruches et leurs singes.

5

Un jour de la première quinzaine de juin,
comme la vieille Yvonne rentrait chez elle, des
voisines lui dirent qu'on était venu la demander
de la part du commissaire de l'inscription maritime.

C'était quelque chose concernant son petit-fils,
bien sûr ; mais cela ne lui fit pas du tout peur.
Dans les familles des *gens de mer*, on a souvent
affaire à l'*Inscription* ; elle donc, qui était fille,
femme, mère de marin, connaissait ce bureau
depuis tantôt soixante ans.

C'était au sujet de sa délégation, sans doute ;
ou peut-être un petit décompte de la *Circé* à toucher au moyen de sa *procure*. Sachant ce qu'on
doit à M. le commissaire, elle fit sa toilette, prit
sa belle robe et une coiffe blanche, puis se mit en
route sur les deux heures.

Trottinant assez vite et menu dans ces sentiers
de falaise, elle s'acheminait vers Paimpol, un peu
anxieuse tout de même, à la réflexion, à cause de
ces deux mois sans lettre.

Elle rencontra son vieux galant, assis à une
porte, très tombé depuis les froids de l'hiver.

— Eh bien ?... Quand vous voudrez, vous
savez ; faut pas vous gêner, la belle !... (Encore ce
costume en planches, qu'il avait dans l'idée.)

Le gai temps de juin souriait partout autour
d'elle. Sur les hauteurs pierreuses, il n'y avait
toujours que les ajoncs ras aux fleurs jaune d'or ;
mais dès qu'on passait dans les bas-fonds abrités
contre le vent de la mer, on trouvait tout de suite
la belle verdure neuve, les haies d'aubépine fleu-
rie, l'herbe haute et sentant bon. Elle ne voyait
guère tout cela, elle, si vieille, sur qui s'étaient
accumulées les saisons fugitives, courtes à présent comme des jours...

Autour des hameaux croulants aux murs
sombres il y avait des rosiers, des œillets, des
giroflées et, jusque sur les hautes toitures de
chaume et de mousse, mille petites fleurs qui
attiraient les premiers papillons blancs.

Ce printemps était presque sans amour, dans
ce pays d'Islandais, et les belles filles de race fière
que l'on apercevait, rêveuses, sur les portes, semblaient darder très loin au-delà des objets visibles
leurs yeux bruns ou bleus. Les jeunes hommes, à
qui allaient leurs mélancolies et leurs désirs,
étaient à faire la grande pêche, là-bas, sur la mer
hyperborée...

Mais c'était un printemps tout de même, tiède,
suave, troublant, avec de légers bourdonnements
de mouches, des senteurs de plantes nouvelles.

Et tout cela, qui est sans âme, continuait de
sourire à cette vieille grand-mère qui marchait de
son meilleur pas pour aller apprendre la mort de
son dernier petit-fils. Elle touchait à l'heure terrible où cette chose, qui s'était passée si loin sur
la mer chinoise, allait lui être dite ; elle faisait
cette course sinistre que Sylvestre, au moment de
mourir, avait devinée et qui lui avait arraché ses
dernières larmes d'angoisse : sa bonne vieille
grand-mère, mandée à l'*Inscription* de Paimpol
pour apprendre qu'il était mort ! — Il l'avait vue
très nettement passer, sur cette route, s'en allant
bien vite, droite, avec son petit châle brun, son

parapluie et sa grande coiffe. Et cette apparition l'avait fait se soulever et se tordre avec un déchirement affreux, tandis que l'énorme soleil rouge de l'Équateur, qui se couchait magnifiquement, entrait par le sabord de l'hôpital pour le regarder mourir.

Seulement, de là-bas, lui, dans sa vision dernière, s'était figuré sous un ciel de pluie cette promenade de pauvre vieille, qui, au contraire, se faisait au gai printemps moqueur...

En approchant de Paimpol, elle se sentait devenir plus inquiète, et pressait encore sa marche.

La voilà dans la ville grise, dans les petites rues de granit où tombait ce soleil, donnant le bonjour à d'autres vieilles, ses contemporaines, assises à leur fenêtre. Intriguées de la voir, elles disaient :

— Où va-t-elle comme ça si vite, en robe du dimanche, un jour sur semaine ?

M. le commissaire de l'inscription ne se trouvait pas chez lui. Un petit être très laid, d'une quinzaine d'années, qui était son commis, se tenait assis à son bureau. Étant trop mal venu pour faire un pêcheur, il avait reçu de l'instruction et passait ses jours sur cette même chaise, en fausses manches noires, grattant son papier.

Avec un air d'importance, quand elle lui eut dit son nom, il se leva pour prendre, dans un casier, des pièces timbrées.

Il y en avait beaucoup... qu'est-ce que cela voulait dire ? Des certificats, des papiers portant des cachets, un livret de marin jauni par la mer, tout cela ayant comme une odeur de mort...

Il les étalait devant la pauvre vieille, qui commençait à trembler et à voir trouble. C'est qu'elle avait reconnu deux de ces lettres que Gaud écrivait pour elle à son petit-fils, et qui étaient revenues là, non décachetées... Et ça s'était passé ainsi vingt ans auparavant, pour la mort de son fils Pierre : les lettres étaient reve-

nues de la Chine chez M. le commissaire, qui les
lui avait remises...

Il lisait maintenant d'une voix doctorale

« Moan, Jean-Marie-Sylvestre, inscrit à Paimpol, folio 213, numéro matricule 2091, décédé à
bord du *Bien-Hoa* le 14... »

— Quoi ?... Qu'est-ce qui lui est arrivé, mon
bon Monsieur ?...

— Décédé !... Il est décédé, reprit-il.

Mon Dieu, il n'était sans doute pas méchant, ce
commis ; s'il disait cela de cette manière brutale,
c'était plutôt manque de jugement, inintelligence
de petit être incomplet. Et, voyant qu'elle ne
comprenait pas ce beau mot, il s'exprima en breton :

— *Marw éo !...*

— *Marw éo !...* (Il est mort...)

Elle répéta après lui, avec son chevrotement de
vieillesse, comme un pauvre écho fêlé redirait
une phrase indifférente.

C'était bien ce qu'elle avait à moitié deviné,
mais cela la faisait trembler seulement ; à présent
que c'était certain, ça n'avait pas l'air de la toucher. D'abord sa faculté de souffrir s'était vraiment un peu émoussée, à force d'âge. surtout
depuis ce dernier hiver. La douleur ne venait plus
tout de suite. Et puis quelque chose se chavirait
pour le moment dans sa tête, et voilà qu'elle
confondait cette mort avec d'autres : elle en avait
tant perdu, de fils !... Il lui fallut un instant pour
bien entendre que celui-ci était son dernier, si
chéri, celui à qui se rapportaient toutes ses
prières, toute sa vie, toute son attente, toutes ses
pensées, déjà obscurcies par l'approche sombre
de l'*enfance*...

Elle éprouvait une honte aussi à laisser
paraître son désespoir devant ce petit monsieur
qui lui faisait horreur : est-ce que c'était comme
ça qu'on annonçait à une grand-mère la mort de

son petit-fils !... Elle restait debout, devant ce bureau, raidie, torturant les franges de son châle brun avec ses pauvres vieilles mains gercées de laveuse.

Et comme elle se sentait loin de chez elle !... Mon Dieu, tout ce trajet qu'il faudrait faire, et faire décemment, avant d'atteindre le gîte de chaume où elle avait hâte de s'enfermer — comme les bêtes blessées qui se cachent au terrier pour mourir. C'est pour cela aussi qu'elle s'efforçait de ne pas trop penser, de ne pas encore bien comprendre, épouvantée surtout d'une route si longue.

On lui remit un mandat pour aller toucher, comme héritière, les trente francs qui lui revenaient de la vente du sac de Sylvestre ; puis les lettres, les certificats et la boîte contenant la médaille militaire. Gauchement elle prit tout cela avec ses doigts qui restaient ouverts, le promena d'une main dans l'autre, ne trouvant plus ses poches pour le mettre.

Dans Paimpol, elle passa tout d'une pièce et ne regardant personne, le corps un peu penché comme qui va tomber, entendant un bourdonnement de sang à ses oreilles — et se hâtant, se surmenant, comme une pauvre machine déjà très ancienne qu'on aurait remontée à toute vitesse pour la dernière fois, sans s'inquiéter d'en briser les ressorts.

Au troisième kilomètre, elle allait toute courbée en avant, épuisée ; de temps à autre, son sabot heurtait quelque pierre qui lui donnait dans la tête un grand choc douloureux. Et elle se dépêchait de se terrer chez elle, de peur de tomber et d'être rapportée...

La vieille Yvonne qui est soûle !

Elle était tombée, et les gamins lui couraient après. C'était justement en entrant dans la commune de Ploubazlanec, où il y a beaucoup de maisons le long de la route. Tout de même elle avait eu la force de se relever et, clopin-clopant, se sauvait avec son bâton.

— La vieille Yvonne qui est soûle !

Et des petits effrontés venaient la regarder sous le nez en riant. Sa coiffe était tout de travers.

Il y en avait, de ces petits, qui n'étaient pas bien méchants dans le fond — et quand ils l'avaient vue de plus près, devant cette grimace de désespoir sénile, s'en retournaient tout attristés et saisis, n'osant plus rien dire.

Chez elle, la porte fermée, elle poussa un cri de détresse qui l'étouffait, et se laissa tomber dans un coin, la tête au mur. Sa coiffe lui était descendue sur les yeux ; elle la jeta par terre — sa pauvre belle coiffe, autrefois si ménagée. Sa dernière robe des dimanches était toute salie, et une mince queue de cheveux, d'un blanc jaune, sortait de son serre-tête, complétant un désordre de pauvresse...

Gaud, qui venait pour s'informer, la trouva le soir ainsi, toute décoiffée, laissant pendre les bras, la tête contre la pierre, avec une grimace et un *hi ! hi ! hi !* plaintif de petit enfant ; elle ne pouvait presque pas pleurer : les trop vieilles grand-mères n'ont plus de larmes dans leurs yeux taris.

— Mon petit-fils qui est mort !

Et elle lui jeta sur les genoux les lettres, les papiers, la médaille.

Gaud parcourut d'un coup d'œil, vit que c'était bien vrai, et se mit à genoux pour prier.

Elles restèrent là ensemble, presque muettes, les deux femmes, tant que dura ce crépuscule de juin — qui est très long en Bretagne et qui là-bas, en Islande, ne finit plus. Dans la cheminée, le grillon qui porte bonheur leur faisait tout de même sa grêle musique. Et la lueur jaune du soir entrait par la lucarne, dans cette chaumière des Moan que la mer avait tous pris, qui étaient maintenant une famille éteinte...

A la fin, Gaud disait :

— Je viendrai, moi, ma bonne grand-mère, demeurer avec vous ; j'apporterai mon lit qu'on m'a laissé, je vous garderai, je vous soignerai, vous ne serez pas toute seule...

Elle pleurait son petit ami Sylvestre, mais dans son chagrin elle se sentait distraite involontairement par la pensée d'un autre : — celui qui était reparti pour la grande pêche.

Ce Yann, on allait lui faire savoir que Sylvestre était mort ; justement les *chasseurs* devraient bientôt partir. Le pleurerait-il seulement ?... Peut-être que oui, car il l'aimait bien... Et au milieu de ses propres larmes, elle se préoccupait de cela beaucoup, tantôt s'indignant contre ce garçon dur, tantôt s'attendrissant à son souvenir, à cause de cette douleur qu'il allait avoir, lui aussi, et qui était comme un rapprochement entre eux deux ; — en somme, le cœur tout rempli de lui...

8

... Un soir pâle d'août, la lettre qui annonçait à Yann la mort de son frère finit par arriver à bord de la *Marie* sur la mer d'Islande — c'était après une journée de dure manœuvre et de fatigue excessive, au moment où il allait descendre pour souper et dormir. Les yeux alourdis de sommeil, il lut cela en bas, dans le réduit sombre, à la lueur jaune de la petite lampe ; et, dans le premier moment, lui aussi resta insensible, étourdi, comme quelqu'un qui ne comprendrait pas bien. Très renfermé, par fierté, pour tout ce qui concernait son cœur, il cacha la lettre dans son tricot bleu, contre sa poitrine, comme les matelots font, sans rien dire.

Seulement il ne sentait plus le courage de s'asseoir avec les autres pour manger la soupe ; alors, dédaignant même de leur expliquer pourquoi, il se jeta sur sa couchette et, du même coup, s'endormit.

Bientôt il rêva de Sylvestre mort, de son enterrement qui passait...

Aux approches de minuit — étant dans cet état d'esprit particulier aux marins qui ont conscience de l'heure dans le sommeil et qui sentent venir le moment où on les fera lever pour le quart — il voyait cet enterrement encore. Et il disait :

— Je rêve ; heureusement ils vont me réveiller mieux et ça s'évanouira.

Mais quand une rude main fut posée sur lui, et qu'une voix se mit à dire : « Gaos ! — allons, debout, la *relève !* » il entendit sur sa poitrine un léger froissement de papier — petite musique sinistre affirmant la réalité de la mort. — Ah ! oui, la lettre !... c'était vrai, donc ! — et déjà ce fut une impression plus poignante, plus cruelle, et, en se dressant vite, dans son réveil subit, il heurta contre les poutres son front large.

Puis il s'habilla et ouvrit l'écoutille pour aller là-haut prendre son poste de pêche...

9

Quand Yann fut monté, il regarda tout autour de lui, avec ses yeux qui venaient de dormir, le grand cercle familier de la mer.

Cette nuit-là, c'était l'immensité présentée sous ses aspects les plus étonnamment simples, en teintes neutres, donnant seulement des impressions de profondeur.

Cet horizon, qui n'indiquait aucune région précise de la terre, ni même aucun âge géologique, avait dû être tant de fois pareil depuis l'origine des siècles, qu'en regardant il semblait vraiment qu'on ne vît rien — rien que l'éternité des choses qui *sont* et qui ne peuvent se dispenser *d'être*.

Il ne faisait même pas absolument nuit. C'était éclairé faiblement, par un reste de lumière, qui ne venait de nulle part. Cela bruissait comme par habitude, rendant une plainte sans but. C'était gris, d'un gris trouble qui fuyait sous le regard. — La mer, pendant son repos mystérieux et son sommeil, se dissimulait sous les teintes discrètes qui n'ont pas de nom.

Il y avait en haut des nuées diffuses ; elles avaient pris des formes quelconques, parce que les choses ne peuvent guère n'en pas avoir ; dans l'obscurité, elles se confondaient presque pour n'être qu'un grand voile.

Mais, en un point de ce ciel, très bas, près des eaux, elles faisaient une sorte de marbrure plus distincte, bien que très lointaine ; un dessin mou, comme tracé par une main distraite ; combinaison de hasard, non destinée à être vue, et fugitive, prête à mourir. — Et cela seul, dans tout cet ensemble, paraissait signifier quelque chose ; on eût dit que la pensée mélancolique, insaisissable, de tout ce néant, était inscrite là — et les yeux finissaient par s'y fixer, sans le vouloir.

Lui, Yann, à mesure que ses prunelles mobiles s'habituaient à l'obscurité du dehors, il regardait de plus en plus cette marbrure unique du ciel ; elle avait forme de quelqu'un qui s'affaisse, avec deux bras qui se tendent. Et à présent qu'il avait commencé à voir là cette apparence, il lui semblait que ce fût une vraie ombre humaine, agrandie, rendue gigantesque à force de venir de loin.

Puis, dans son imagination où flottaient ensemble les rêves indicibles et les croyances primitives, cette ombre triste, effondrée au bout de ce ciel de ténèbres, se mêlait peu à peu au souvenir de son frère mort, comme une dernière manifestation de lui.

Il était coutumier de ces étranges associations d'images, comme il s'en forme surtout au commencement de la vie, dans la tête des enfants... Mais les mots, si vagues qu'ils soient, restent encore trop précis pour exprimer ces choses ; il faudrait cette langue incertaine qui se parle quelquefois dans les rêves, et dont on ne retient au réveil que d'énigmatiques fragments n'ayant plus de sens.

A contempler ce nuage, il sentait venir une tristesse profonde, angoissée, pleine d'inconnu et de mystère, qui lui glaçait l'âme ; beaucoup mieux que tout à l'heure, il comprenait maintenant que son pauvre petit frère ne reparaîtrait jamais, jamais plus ; le chagrin, qui avait été long à percer l'enveloppe robuste et dure de son cœur, y entrait à présent jusqu'à pleins bords. Il revoyait la figure douce de Sylvestre, ses bons yeux d'enfant ; à l'idée de l'embrasser. quelque chose comme un voile tombait tout à coup entre ses paupières, malgré lui — et d'abord il ne s'expliquait pas bien ce que c'était, n'ayant jamais pleuré dans sa vie d'homme. — Mais les larmes commençaient à couler lourdes, rapides, sur ses joues ; et puis des sanglots vinrent soulever sa poitrine profonde.

Il continuait de pêcher très vite, sans perdre son temps ni rien dire, et les deux autres, qui l'écoutaient dans ce silence, se gardaient d'avoir l'air d'entendre, de peur de l'irriter, le sachant si renfermé et si fier.

... Dans son idée à lui, la mort finissait tout...

Il lui arrivait bien, par respect, de s'associer à ces prières qu'on dit en famille pour les défunts ; mais il ne croyait à aucune survivance des âmes.

Dans leurs causeries entre marins, ils disaient tous cela, d'une manière brève et assurée, comme une chose bien connue de chacun ; ce qui pourtant n'empêchait une vague appréhension des fantômes, une vague frayeur des cimetières, une confiance extrême dans les saints et les images qui protègent, ni surtout une vénération innée pour la terre bénite qui entoure les églises.

Ainsi Yann redoutait pour lui-même d'être pris par la mer, comme si cela anéantissait davantage — et la pensée que Sylvestre était resté là-bas, dans cette terre lointaine d'en dessous, rendait son chagrin plus désespéré, plus sombre.

Avec son dédain des autres, il pleura sans aucune contrainte ni honte, comme s'il eût été seul.

... Au-dehors, le vide blanchissait lentement, bien qu'il fût à peine deux heures ; et en même temps il paraissait s'étendre, s'étendre, devenir

plus démesuré, se creuser d'une manière plus
effrayante. Avec cette espèce d'aube qui naissait,
les yeux s'ouvraient davantage et l'esprit plus
éveillé concevait mieux l'immensité des lointains ; alors les limites de l'espace visible étaient
encore reculées et fuyaient toujours.

C'était un éclairage très pâle, mais qui augmentait ; il semblait que cela vînt par petits jets,
par secousses légères ; les choses éternelles
avaient l'air de s'illuminer par transparence,
comme si des lampes à flamme blanche eussent
été montées discrètement, avec des précautions
mystérieuses, de peur de troubler le morne repos
de la mer.

Sous l'horizon, la grande lampe blanche, c'était
le soleil, qui se traînait sans force, avant de faire
au-dessus des eaux sa promenade lente et froide,
commencée dès l'extrême matin...

Ce jour-là, on ne voyait nulle part de tons roses
d'aurore, tout restait blême et triste. Et, à bord de
la *Marie*, un homme pleurait, le grand Yann...

Ces larmes de son frère sauvage, et cette plus
grande mélancolie du dehors, c'était l'appareil de
deuil employé pour le pauvre petit héros obscur,
sur ces mers d'Islande où il avait passé la moitié
de sa vie...

Quand le plein jour vint, Yann essuya brusquement ses yeux avec la manche de son tricot de
laine et ne pleura plus. Ce fut fini. Il semblait
complètement repris par le travail de la pêche,
par le train monotone des choses réelles et présentes, comme ne pensant plus à rien.

Du reste, les lignes donnaient beaucoup et les
bras avaient peine à suffire.

Autour des pêcheurs, dans les fonds immenses,
c'était un nouveau changement à vue. Le grand
déploiement d'infini, le grand spectacle du matin
était terminé, et maintenant les lointains paraissaient au contraire se rétrécir, se refermer sur

eux. Comment donc avait-on cru voir tout à l'heure la mer si démesurée ? L'horizon était à présent tout près, et il semblait même qu'on manquât d'espace. Le vide se remplissait de voiles ténus qui flottaient, les uns plus vagues que des buées, d'autres aux contours presque visibles et comme frangés. Ils tombaient mollement, dans un grand silence, comme des mousselines blanches n'ayant pas de poids ; mais il en descendait de partout en même temps, aussi l'emprisonnement là-dessous se faisait très vite, et cela oppressait, de voir ainsi s'encombrer l'air respirable.

C'était la première brume d'août qui se levait. En quelques minutes le suaire fut uniformément dense, impénétrable ; autour de la *Marie,* on ne distinguait plus rien qu'une pâleur humide où se diffusait la lumière et où la mâture du navire semblait même se perdre.

— De ce coup, la voilà arrivée, la sale brume, dirent les hommes.

Ils connaissaient depuis longtemps cette inévitable compagne de la seconde période de pêche ; mais aussi cela annonçait la fin de la saison d'Islande, l'époque où l'on fait route pour revenir en Bretagne.

En fines gouttelettes brillantes ; cela se déposait sur leur barbe ; cela faisait luire d'humidité leur peau brunie. Ceux qui se regardaient d'un bout à l'autre du bateau se voyaient troubles comme des fantômes ; par contre, les objets très rapprochés apparaissaient plus crûment sous cette lumière fade et blanchâtre. On prenait garde de respirer la bouche ouverte ; une sensation de froid et de mouillé pénétrait les poitrines.

En même temps, la pêche allait de plus en plus vite, et on ne causait plus, tant les lignes donnaient ; à tout instant, on entendait tomber à bord de gros poissons, lancés sur les planches

avec un bruit de fouet ; après, ils se trémous-
saient rageusement en claquant de la queue
contre le bois du pont ; tout était éclaboussé de
l'eau de mer et des fines écailles argentées qu'ils
jetaient en se débattant. Le marin qui leur fendait
le ventre avec son grand couteau, dans sa précipitation s'entaillait les doigts, et son sang bien
rouge se mêlait à la saumure.

10

Ils restèrent, cette fois, dix jours d'affilée pris dans la brume épaisse, sans rien voir. La pêche continuait d'être bonne et, avec tant d'activité, on ne s'ennuyait pas. De temps en temps, à intervalles réguliers, l'un deux soufflait dans une trompe de corne d'où sortait un bruit pareil au beuglement d'une bête sauvage.

Quelquefois, du dehors, du fond des brumes blanches, un autre beuglement lointain répondait à leur appel. Alors on veillait davantage. Si le cri se rapprochait, toutes les oreilles se tendaient vers ce voisin inconnu, qu'on n'apercevrait sans doute jamais et dont la présence était pourtant un danger. On faisait des conjectures sur lui ; il devenait une occupation, une société, et, par envie de le voir, les yeux s'efforçaient à percer les impalpables mousselines blanches qui restaient tendues partout dans l'air.

Puis il s'éloignait, les beuglements de sa trompe mouraient dans le lointain sourd ; alors on se retrouvait seul dans le silence, au milieu de cet infini de vapeurs immobiles. Tout était imprégné d'eau ; tout était ruisselant de sel et de saumure. Le froid devenait plus pénétrant ; le soleil s'attardait davantage à traîner sous l'horizon ; il y avait déjà de vraies nuits d'une ou deux

heures, dont la tombée grise était sinistre et gla-
ciale.

Chaque matin on sondait avec un plomb la
hauteur des eaux, de peur que la *Marie* ne se fût
trop rapprochée de l'île d'Islande. Mais toutes les
lignes du bord filées bout à bout n'arrivaient pas
à toucher le lit de la mer : on était donc bien au
large, et en belle eau profonde.

La vie était saine et rude ; ce froid plus piquant
augmentait le bien-être du soir, l'impression de
ce gîte bien chaud qu'on éprouvait dans la cabine
en chêne massif, quand on y descendait pour
souper ou pour dormir.

Dans le jour, ces hommes, qui étaient plus
cloîtrés que des moines, causaient peu entre eux.
Chacun, tenant sa ligne, restait pendant des
heures et des heures à son même poste inva-
riable, les bras seuls occupés au travail incessant
de la pêche. Ils n'étaient séparés les uns des
autres que de deux ou trois mètres, et ils finissaient par ne plus se voir.

Ce calme de la brume, cette obscurité blanche
endormaient l'esprit. Tout en pêchant, on se
chantait pour soi-même quelque air du pays à
demi-voix, de peur d'éloigner les poissons. Les
pensées se faisaient plus lentes et plus rares ;
elles semblaient se distendre, s'allonger en durée
afin d'arriver à remplir le temps sans y laisser des
vides, des intervalles de non-être. On n'avait plus
du tout l'idée aux femmes, parce qu'il faisait déjà
froid ; mais on rêvait à des choses incohérentes
ou merveilleuses, comme dans le sommeil, et la
trame de ces rêves était aussi peu serrée qu'un
brouillard...

Ce brumeux mois d'août, il avait coutume de
clore ainsi chaque année, d'une manière triste et
tranquille, la saison d'Islande. Autrement c'était
toujours la même plénitude de vie physique, gonflant les poitrines et faisant aux marins des
muscles durs.

Yann avait bien retrouvé tout de suite ses façons d'être habituelles, comme si son grand chagrin n'eût pas persisté : vigilant et alerte, prompt à la manœuvre et à la pêche, l'allure désinvolte comme qui n'a pas de soucis ; du reste, communicatif à ses heures seulement — qui étaient rares — et portant toujours la tête aussi haute avec son air à la fois indifférent et dominateur.

Le soir, au souper, dans le logis fruste que protégeait la Vierge de faïence, quand on était attablé, le grand couteau en main, devant quelque bonne assiettée toute chaude, il lui arrivait, comme autrefois, de rire aux choses drôles que les autres disaient.

En lui-même, peut-être, s'occupait-il un peu de cette Gaud, que Sylvestre lui avait sans doute donnée pour femme dans ses dernières petites idées d'agonie — et qui était devenue une pauvre fille à présent, sans personne au monde... Peut-être bien surtout, le deuil de ce frère durait-il encore dans le fond de son cœur...

Mais ce cœur d'Yann était une région vierge. Difficile à gouverner, peu connue, où se passaient des choses qui ne se révélaient pas au-dehors.

11

Un matin, vers trois heures, tandis qu'ils
rêvaient tranquillement sous leur suaire de
brume, ils entendirent comme des bruits de voix
dont le timbre leur sembla étrange et non connu
d'eux. Ils se regardèrent, les uns les autres, ceux
qui étaient sur le pont, s'interrogeant d'un coup
d'œil :

— Qui est-ce qui a parlé !

Non, personne ; personne n'avait rien dit.

Et, en effet, cela avait bien eu l'air de sortir du
vide extérieur.

Alors, celui qui était chargé de la trompe, et qui
l'avait négligée depuis la veille, se précipita dessus, en se gonflant de tout son souffle pour pousser le long beuglement d'alarme.

Cela faisait déjà frissonner, dans ce silence. Et
puis, comme si, au contraire, une apparition eût
été évoquée par ce son vibrant de cornemuse,
une grande chose imprévue s'était dessinée en
grisaille, s'était dressée menaçante, très haut tout
près d'eux : des mâts, des vergues, des cordages,
un dessin de navire qui s'était fait en l'air, partout
à la fois et d'un même coup, comme ces fantasmagories pour effrayer qui, d'un seul jet de
lumière, sont créées sur des voiles tendus. Et
d'autres hommes apparaissaient là, à les toucher,

penchés sur le rebord, les regardant avec des yeux très ouverts, dans un réveil de surprise et d'épouvante...

Ils se jetèrent sur des avirons, des mâts de rechange, des gaffes — tout ce qui se trouva dans la drome de long et de solide — et les pointèrent en dehors pour tenir à distance cette chose et ces visiteurs qui leur arrivaient. Et les autres aussi, effarés, allongeaient vers eux d'énormes bâtons pour les repousser.

Mais il n'y eut qu'un craquement très léger dans les vergues, au-dessus de leurs têtes, et les mâtures, un instant accrochées, se dégagèrent aussitôt sans aucune avarie ; le choc, très doux par ce calme, était tout à fait amorti ; il avait été si faible même, que vraiment il semblait que cet autre navire n'eût pas de masse et qu'il fût une chose molle, presque sans poids...

Alors, le saisissement passé, les hommes se mirent à rire ; ils se reconnaissaient entre eux :

— Ohé ! de la *Marie*.

— Eh ! Gaos, Laumec, Guermeur !

L'apparition, c'était la *Reine-Berthe,* capitaine Larvoër, aussi de Paimpol ; ces matelots étaient des villages d'alentour ; ce grand-là, tout en barbe noire, montrant ses dents dans son rire, c'était Kerjégou, un de Ploudaniel ; et les autres venaient de Plounès ou de Plounérin.

— Aussi, pourquoi ne sonniez-vous pas de votre trompe, bande de sauvages ? demandait Larvoër de la *Reine-Berthe.*

— Eh bien, et vous donc, bande de pirates et d'écumeurs, *mauvaise poison* de la mer ?...

— Oh ! nous... c'est différent ; *ça nous est défendu de faire du bruit.* (Il avait répondu cela avec un air de sous-entendre quelque mystère noir ; avec un sourire drôle, qui, par la suite, revint souvent en tête à ceux de la *Marie* et leur donna à penser beaucoup.)

Et puis comme s'il en eût dit trop long, il finit par cette plaisanterie :

— Notre corne à nous, c'est celui-là, en soufflant dedans, qui nous l'a crevée.

Et il montrait un matelot à figure de triton, qui était tout en cou et tout en poitrine, trop large, bas sur jambes, avec je ne sais quoi de grotesque et d'inquiétant dans sa puissance difforme.

Et pendant qu'on se regardait là, attendant que quelque brise ou quelque courant d'en dessous voulût bien emmener l'un plus vite que l'autre, séparer les navires, on engagea une causerie. Tous appuyés en bâbord, se tenant en respect au bout de leurs longs morceaux de bois, comme eussent fait des assiégés avec des piques, ils parlèrent des choses du pays, des dernières lettres reçues par les « chasseurs », des vieux parents et des femmes.

— Moi, disait Kerjégou, la *mienne* me marque qu'elle vient d'avoir son petit que nous attendions ; ça va nous en faire la douzaine tout à l'heure.

Un autre avait eu deux jumeaux, et un troisième annonçait le mariage de la belle Jeannie Caroff — une fille très connue des Islandais — avec certain vieux richard infirme, de la commune de Plourivo.

Ils se voyaient comme à travers des gazes blanches, et il semblait que cela changeât aussi le son des voix qui avait quelque chose d'étouffé et de lointain.

Cependant Yann ne pouvait détacher ses yeux d'un de ces pêcheurs, un petit homme déjà vieillot qu'il était sûr de n'avoir jamais vu nulle part et qui pourtant lui avait dit tout de suite : « Bonjour, mon grand Yann ! » avec un air d'intime connaissance ; il avait la laideur irritante des singes, avec leur clignotement de malice dans ses yeux perçants.

— Moi, disait encore Larvoër, de la *Reine-Berthe,* on m'a marqué la mort du petit-fils de la vieille Yvonne Moan, de Ploubazlanec, qui faisait son service à l'État, comme vous savez, sur l'escadre de Chine ; un bien grand dommage !

Entendant cela, les autres de la *Marie* se tournèrent vers Yann pour savoir s'il avait déjà connaissance de ce malheur.

— Oui, dit-il d'une voix basse, l'air indifférent et hautain, c'était sur la dernière lettre que mon père m'a envoyée.

Ils le regardaient tous, dans la curiosité qu'ils avaient de son chagrin, et cela l'irritait.

Leurs propos se croisaient à la hâte, au travers du brouillard pâle, pendant que fuyaient les minutes de leur bizarre entrevue.

— Ma femme me marque en même temps, continuait Larvoër, que la fille de M. Mével a quitté la ville pour demeurer à Ploubazlanec et soigner la vieille Moan, sa grand-tante ; elle s'est mise à travailler à présent, en journée chez le monde, pour gagner sa vie. D'ailleurs, j'avais toujours eu dans l'idée, moi, que c'était une brave fille, et une courageuse, malgré ses airs de demoiselle et ses falbalas.

Alors, de nouveau, on regarda Yann, ce qui acheva de lui déplaire, et une couleur rouge lui monta aux joues sous son hâle doré.

Par cette appréciation sur Gaud fut clos l'entretien avec ces gens de la *Reine-Berthe* qu'aucun être vivant ne devait plus jamais revoir. Depuis un instant, leurs figures semblaient déjà plus effacées, car leur navire était moins près, et, tout à coup, ceux de la *Marie* ne trouvèrent plus rien à pousser, plus rien au bout de leurs longs morceaux de bois ; tous leurs « espars », avirons, mâts ou vergues, s'agitèrent en cherchant dans le vide, puis retombèrent les uns après les autres lourdement dans la mer, comme de grands bras

morts. On rentra donc ces défenses inutiles : la
Reine-Berthe, replongée dans la brume profonde,
avait disparu brusquement tout d'une pièce,
comme s'efface l'image d'un transparent derrière
lequel la lampe a été soufflée. Ils essayèrent de la
héler, mais rien ne répondit à leurs cris — qu'une
espèce de clameur moqueuse à plusieurs voix,
terminée en un gémissement qui les fit se regarder avec surprise...

Cette *Reine-Berthe* ne revint point avec les
autres Islandais et, comme ceux du *Samuel-Azénide* avaient rencontré dans un fiord une épave
non douteuse (son couronnement d'arrière avec
un morceau de sa quille), on ne l'attendit plus ;
dès le mois d'octobre, les noms de tous ses
marins furent inscrits dans l'église sur des
plaques noires.

Or, depuis cette dernière apparition, dont les
gens de la *Marie* avaient bien retenu la date,
jusqu'à l'époque du retour, il n'y avait eu aucun
mauvais temps dangereux sur la mer d'Islande,
tandis que, au contraire, trois semaines auparavant, une bourrasque d'ouest avait emporté plusieurs marins et deux navires. On se rappela alors
le sourire de Larvoër et, en rapprochant toutes
ces choses, on fit beaucoup de conjectures ; Yann
revit plus d'une fois, la nuit, le marin au clignotement de singe, et quelques-uns de la *Marie* se
demandèrent craintivement si, ce matin-là, ils
n'avaient point causé avec des trépassés.

L'été s'avança et, à la fin d'août, en même temps que les premiers brouillards du matin, on vit les Islandais revenir.

Depuis trois mois déjà, les deux abandonnées habitaient ensemble, à Ploubazlanec, la chaumière des Moan ; Gaud avait pris place de fille dans ce pauvre nid de marins morts. Elle avait envoyé là tout ce qu'on lui avait laissé après la vente de la maison de son père : son beau lit *à la mode des villes* et ses belles jupes de différentes couleurs. Elle avait fait elle-même sa nouvelle robe noire d'une façon plus simple et portait, comme la vieille Yvonne, une coiffe de deuil en mousseline épaisse ornée seulement de plis.

Tous les jours, elle travaillait à des ouvrages de couture chez les gens riches de la ville et rentrait à la nuit, sans être distraite en chemin par aucun amoureux, restée un peu hautaine, et encore entourée d'un respect de demoiselle ; en lui disant bonsoir, les garçons mettaient, comme autrefois, la main à leur chapeau.

Par les beaux crépuscules d'été, elle s'en revenait de Paimpol, tout le long de cette route de falaise, aspirant le grand air marin qui repose. Les travaux d'aiguille n'avaient pas eu le temps de la déformer — comme d'autres, qui vivent

toujours penchées de côté sur leur ouvrage — et,
en regardant la mer, elle redressait la belle taille
souple qu'elle tenait de race ; en regardant la
mer, en regardant le large, tout au fond duquel
était Yann...

Cette même route menait chez lui. En continuant un peu, vers certaine région plus pierreuse
et plus balayée par le vent, on serait arrivé à ce
hameau de Pors-Even où les arbres, couverts de
mousses grises, croissent tout petits entre les
pierres et se couchent dans le sens des rafales
d'ouest. Elle n'y retournerait sans doute jamais,
dans ce Pors-Even, bien qu'il fût à moins d'une
lieue ; mais, une fois dans sa vie, elle y était allée
et cela avait suffi pour laisser un charme sur tout
son chemin, Yann, d'ailleurs, devait souvent y
passer et, de sa porte, elle pourrait le suivre allant
ou venant sur la lande rase, entre les ajoncs
courts. Donc elle aimait toute cette région de
Ploubazlanec ; elle était presque heureuse que le
sort l'eût rejetée là : en aucun autre lieu du pays
elle n'eût pu se faire à vivre.

A cette saison de fin d'août, il y a comme un
alanguissement de pays chaud qui remonte du
midi vers le nord ; il y a des soirées lumineuses,
des reflets du grand soleil d'ailleurs qui viennent
traîner jusque sur la mer bretonne. Très souvent,
l'air est limpide et calme, sans aucun nuage nulle
part.

Aux heures où Gaud s'en revenait, les choses se
fondaient déjà ensemble pour la nuit, commençaient à se réunir et à former des silhouettes. Çà
et là, un bouquet d'ajoncs se dressait sur une
hauteur entre deux pierres, comme un panache
ébouriffé ; un groupe d'arbres tordus formait un
amas sombre dans un creux, ou bien, ailleurs,
quelque hameau à toits de paille dessinait au-
dessus de la lande une petite découpure bossue.
Aux carrefours, les vieux christs qui gardaient la

campagne, étendaient leurs bras noirs sur les calvaires, comme de vrais hommes suppliciés, et, dans le lointain, la Manche se détachait en clair, en grand miroir jaune sur un ciel qui était déjà obscurci par le bas, déjà ténébreux vers l'horizon. Et dans ce pays, même ce calme, même ces beaux temps, étaient mélancoliques ; il restait, malgré tout, une inquiétude planant sur les choses ; une anxiété venue de la mer à qui tant d'existences étaient confiées et dont l'éternelle menace n'était qu'endormie.

Gaud, qui songeait en chemin, ne trouvait jamais assez longue sa course de retour au grand air. On sentait l'odeur salée des grèves, et l'odeur douce de certaines fleurs qui croissent sur les falaises entre les épines maigres. Sans la grand-mère Yvonne qui l'attendait au logis, volontiers elle se serait attardée dans ces sentiers d'ajoncs, à la manière de ces belles demoiselles qui aiment à rêver, les soirs d'été, dans les parcs.

En traversant ce pays, il lui revenait bien aussi quelques souvenirs de sa petite enfance ; mais comme ils étaient effacés à présent, reculés, amoindris par son amour ! Malgré tout, elle voulait considérer ce Yann comme une sorte de fiancé — un fiancé fuyant, dédaigneux, sauvage, qu'elle n'aurait jamais ; mais à qui elle s'obstinerait à rester fidèle en esprit, sans plus confier cela à personne. Pour le moment, elle aimait à le savoir en Islande ; là, au moins, la mer le lui gardait dans ses cloîtres profonds et il ne pouvait se donner à aucune autre...

Il est vrai qu'un de ces jours il allait revenir, mais elle envisageait aussi ce retour avec plus de calme qu'autrefois. Par instinct, elle comprenait que sa pauvreté ne serait pas un motif pour être plus dédaignée — car il n'était pas un garçon comme les autres. — Et puis cette mort du petit Sylvestre était une chose qui les rapprochait déci-

dément. A son arrivée, il ne pourrait manquer de
venir sous leur toit pour voir la grand-mère de
son ami ; et elle avait décidé qu'elle serait là pour
cette visite, il ne lui semblait pas que ce fût manquer de dignité ; sans paraître se souvenir de
rien, elle lui parlerait comme à quelqu'un que
l'on connaît depuis longtemps ; elle lui parlerait
même avec affection comme à un frère de Sylvestre, en tâchant d'avoir l'air naturel. Et qui
sait ? il ne serait peut-être pas impossible de
prendre auprès de lui une place de sœur, à présent qu'elle allait être si seule au monde ; de se
reposer sur son amitié ; de la lui demander
comme un soutien, en s'expliquant assez pour
qu'il ne crût plus à aucune arrière-pensée de
mariage. Elle le jugeait sauvage seulement,
entêté dans ses idées d'indépendance, mais doux,
franc, et capable de bien comprendre les choses
bonnes qui viennent tout droit du cœur.

Qu'allait-il éprouver, en la retrouvant là,
pauvre dans cette chaumière presque en ruine ?...
Bien pauvre, oh ! oui, car la grand-mère Moan,
n'étant plus assez forte pour aller en journées aux
lessives, n'avait plus rien que sa pension de
veuve ; il est vrai, elle mangeait bien peu maintenant, et toutes deux pouvaient encore s'arranger
pour vivre sans demander rien à personne...

La nuit était toujours tombée quand elle arrivait au logis ; avant d'entrer, il fallait descendre
un peu, sur des roches usées, la chaumière se
trouvant en contrebas de ce chemin de Ploubazlanec, dans la partie de terrain qui s'incline vers
la grève. Elle était presque cachée sous son épais
toit de paille brune, tout gondolé, qui ressemblait
au dos de quelque énorme bête morte effondrée
sous ses poils durs. Ses murailles avaient la couleur sombre et la rudesse des rochers, avec des
mousses et du cochléaria formant de petites
touffes vertes. On montait les trois marches gon-

dolées du seuil, et on ouvrait le loquet intérieur de la porte au moyen d'un bout de corde de navire qui sortait par un trou. En entrant, on voyait d'abord en face de soi la lucarne, percée comme dans l'épaisseur d'un rempart, et donnant sur la mer d'où venait une dernière clarté jaune pâle. Dans la grande cheminée flambaient des brindilles odorantes de pin et de hêtre, que la vieille Yvonne ramassait dans ses promenades le long des chemins ; elle-même était là assise, surveillant leur petit souper ; dans son intérieur, elle portait un serre-tête seulement, pour ménager ses coiffes ; son profil, encore joli, se découpait sur la lueur rouge de son feu. Elle levait vers Gaud ses yeux jadis bruns, qui avaient pris une couleur passée, tournée au bleuâtre, et qui étaient troubles, incertains, égarés de vieillesse. Elle disait toutes les fois la même chose :

— Ah ! mon Dieu, ma bonne fille, comme tu rentres tard ce soir...

— Mais non, grand-mère, répondait doucement Gaud qui y était habituée. Il est la même heure que les autres jours.

— Ah !... me semblait à moi, ma fille, me semblait qu'il était plus tard que de coutume.

Elles soupaient sur une table devenue presque informe à force d'être usée, mais encore épaisse comme le tronc d'un chêne. Et le grillon ne manquait jamais de leur recommencer sa petite musique à son d'argent.

Un des côtés de la chaumière était occupé par des boiseries grossièrement sculptées et aujourd'hui toutes vermoulues ; en s'ouvrant, elles donnaient accès dans des étagères où plusieurs générations de pêcheurs avaient été conçus, avaient dormi, et où les mères vieillies étaient mortes.

Aux solives noires du toit s'accrochaient des ustensiles de ménage très anciens, des paquets d'herbes, des cuillers de bois, du lard fumé ; aussi de vieux filets, qui dormaient là depuis le naufrage des derniers fils Moan, et dont les rats venaient la nuit couper les mailles.

Le lit de Gaud, installé dans un angle avec ses rideaux de mousseline blanche, faisait l'effet d'une chose élégante et fraîche, apportée dans une hutte de Celte.

Il y avait une photographie de Sylvestre en matelot, dans un cadre, accrochée au granit du mur. Sa grand-mère y avait attaché sa médaille militaire, avec une de ces paires d'ancres en drap rouge que les marins portent sur la manche droite, et qui venait de lui ; Gaud lui avait aussi acheté à Paimpol une de ces couronnes funéraires en perles noires et blanches dont on entoure, en Bretagne, les portraits des défunts. C'était là son petit mausolée, tout ce qu'il avait pour consacrer sa mémoire, dans son pays breton...

Les soirs d'été, elles ne veillaient pas, par économie de lumière ; quand le temps était beau, elles s'asseyaient un moment sur un banc de pierre, devant la maison, et regardaient le monde qui passait dans le chemin un peu au-dessus de leur tête.

Ensuite la vieille Yvonne se couchait dans son étagère d'armoire, et Gaud, dans son lit de demoiselle ; là, elle s'endormait assez vite, ayant beaucoup travaillé, beaucoup marché, et songeant au retour des Islandais en fille sage, résolue, sans un trouble trop grand...

13

Mais un jour, à Paimpol, entendant dire que la *Marie* venait d'arriver, elle se sentit prise d'une espèce de fièvre. Tout son calme d'attente l'avait abandonnée ; ayant brusqué la fin de son ouvrage, sans savoir pourquoi, elle se mit en route plus tôt que de coutume — et, dans le chemin, comme elle se hâtait, elle le reconnut de loin qui venait à l'encontre d'elle.

Ses jambes tremblaient et elle les sentait fléchir. Il était déjà tout près, se dessinant à vingt pas à peine, avec sa taille superbe, ses cheveux bouclés sous son bonnet de pêcheur. Elle se trouvait prise si au dépourvu par cette rencontre, que vraiment elle avait peur de chanceler, et qu'il s'en aperçut ; elle en serait morte de honte à présent... Et puis elle se croyait mal coiffée, avec un air fatigué pour avoir fait son ouvrage trop vite ; elle eût donné je ne sais quoi pour être cachée dans les touffes d'ajoncs, disparue dans quelque trou de fouine. Du reste, lui aussi avait eu un mouvement de recul, comme pour essayer de changer de route. Mais c'était trop tard : ils se croisèrent dans l'étroit chemin.

Lui, pour ne pas la frôler, se rangea contre le talus, d'un bond de côté comme un cheval ombrageux qui se dérobe, en la regardant d'une manière furtive et sauvage.

Elle aussi, pendant une demi-seconde, avait levé les yeux, lui jetant malgré elle-même une prière et une angoisse. Et, dans ce croisement involontaire de leurs regards, plus rapide qu'un coup de feu, ses prunelles gris de lin avaient paru s'élargir, s'éclairer de quelque grande flamme de pensée, lancer une vraie lueur bleuâtre, tandis que sa figure était devenue toute rose jusqu'aux tempes, jusque sous les tresses blondes.

Il avait dit en touchant son bonnet :

— Bonjour, mademoiselle Gaud !

— Bonjour, monsieur Yann, répondit-elle.

Et ce fut tout ; il était passé. Elle continua sa route, encore tremblante, mais sentant peu à peu, à mesure qu'il s'éloignait, le sang reprendre son cours et la force revenir...

Au logis, elle trouva la vieille Moan assise dans un coin, la tête entre ses mains, qui pleurait, qui faisait son *hi ! hi ! hi !* de petit enfant, toute dépeignée, sa queue de cheveux tombée de son serre-tête comme un maigre écheveau de chanvre gris :

— Ah ! ma bonne Gaud, c'est le fils Gaos que j'ai rencontré du côté de Plouherzel, comme je m'en retournais de ramasser mon bois ; alors nous avons parlé de mon pauvre petit, tu penses bien. Ils sont arrivés ce matin de l'Islande et, dès ce midi, il était venu pour me faire une visite pendant que j'étais dehors. Pauvre garçon, il avait les larmes aux yeux lui aussi... Jusqu'à ma porte, qu'il a voulu me raccompagner, ma bonne Gaud, pour me porter mon petit fagot...

Elle écoutait cela, debout, et son cœur se serrait à mesure : ainsi, cette visite de Yann, sur laquelle elle avait tant compté pour lui dire tant de choses, était déjà faite, et ne se renouvellerait sans doute plus ; c'était fini...

Alors la chaumière lui sembla plus désolée, la misère plus dure, le monde plus vide — et elle baissa la tête avec une envie de mourir.

14

L'hiver vint peu à peu, s'étendit comme un linceul qu'on laisserait très lentement tomber. Les journées grises passèrent après les journées grises, mais Yann ne reparut plus — et les deux femmes vivaient bien abandonnées.

Avec le froid, leur existence était plus coûteuse et plus dure.

Et puis la vieille Yvonne devenait difficile à soigner. Sa pauvre tête s'en allait ; elle se fâchait maintenant, disait des méchancetés et des injures ; une fois ou deux par semaine, cela la prenait, comme les enfants à propos de rien.

Pauvre vieille !... elle était encore si douce dans ses bons jours clairs, que Gaud ne cessait de la respecter ni de la chérir. Avoir toujours été bonne, et finir par être mauvaise ; étaler, à l'heure de la fin, tout un fonds de malice qui avait dormi durant la vie, toute une science de mots grossiers qu'on avait cachée, quelle dérision de l'âme et quel mystère moqueur !

Elle commençait à chanter aussi, et cela faisait encore plus de mal à entendre que ses colères ; c'étaient, au hasard des choses qui lui revenaient en tête, des *oremus* de messe, ou bien des couplets très vilains qu'elle avait entendus jadis sur le port, répétés par des matelots. Il lui arrivait d'entonner les *Fillettes de Paimpol* ; ou bien, en balançant la tête et battant la mesure avec son pied, elle prenait :

> Mon mari vient de partir ;
> Pour la pêche d'Islande, mon mari vient
> de partir,
> Il m'a laissée sans le sou,
> Mais... trala, trala la lou...
> J'en gagne !
> J'en gagne !...

Chaque fois, cela s'arrêtait tout court, en même temps que ses yeux s'ouvraient bien grands dans le vague en perdant toute expression de vie — comme ces flammes déjà mourantes qui s'agrandissent subitement pour s'éteindre. Et après, elle baissait la tête, restait longtemps caduque, en laissant pendre la mâchoire d'en bas à la manière des morts.

Elle n'était plus bien propre non plus, et c'était un autre genre d'épreuve sur lequel Gaud n'avait pas compté.

Un jour, il lui arriva de ne plus se souvenir de son petit-fils.

— Sylvestre ? Sylvestre ?... disait-elle à Gaud, en ayant l'air de chercher qui ce pouvait bien être ; ah dame ! ma bonne, tu comprends, j'en ai eu tant quand j'étais jeune, des garçons, des filles, des filles et des garçons, qu'à cette heure, ma foi !...

Et, en disant cela, elle lançait en l'air ses pauvres mains ridées, avec un geste d'insouciance presque libertine...

Le lendemain, par exemple, elle se souvenait bien de lui ; et en citant mille petites choses qu'il avait faites ou qu'ils avaient dites, toute la journée elle le pleura.

Oh ! ces veillées d'hiver, quand les branchages

manquaient pour faire du feu ! Travailler ayant froid, travailler pour gagner sa vie, coudre menu, achever avant de dormir les ouvrages rapportés chaque soir de Paimpol.

La grand-mère Yvonne, assise dans la cheminée, restait tranquille, les pieds contre les dernières braises, les mains ramassées sous son tablier. Mais, au commencement de la soirée, il fallait toujours tenir des conversations avec elle.

— Tu ne me dis rien, ma bonne fille, pourquoi ça donc ? Dans mon temps à moi, j'en ai pourtant connu de ton âge qui savaient causer. Me semble que nous n'aurions pas l'air si triste, là, toutes les deux, si tu voulais parler un peu.

Alors Gaud racontait des nouvelles quelconques qu'elle avait apprises en ville, ou disait les noms des gens qu'elle avait rencontrés en chemin, parlait de choses qui lui étaient bien indifférentes à elle-même, comme, du reste, tout au monde à présent, puis s'arrêtait au milieu de ses histoires quand elle voyait la pauvre vieille endormie.

Rien de vivant, rien de jeune autour d'elle dont la fraîche jeunesse appelait la jeunesse. Sa beauté allait se consumer, solitaire et stérile...

Le vent de la mer, qui arrivait de partout, agitait sa lampe, et le bruit des lames s'entendait là comme dans un navire ; en l'écoutant, elle y mêlait le souvenir toujours présent et douloureux de Yann, dont ces choses étaient le domaine ; durant les grandes nuits d'épouvante, où tout était déchaîné et hurlant dans le noir du dehors, elle songeait avec plus d'angoisse à lui.

Et puis seule, toujours seule avec cette grand-mère qui dormait, elle avait peur quelquefois et regardait dans les coins obscurs, en pensant aux marins ses ancêtres, qui avaient vécu dans ces étagères d'armoires, qui avaient péri au large pendant des semblables nuits, et dont les âmes

pouvaient revenir ; elle ne se sentait pas protégée
contre la visite de ces morts par la présence de
cette si vieille femme qui était déjà presque des
leurs...

Tout à coup, elle frémissait de la tête aux pieds,
en entendant partir du coin de la cheminée un
petit filet de voix cassé, flûté, comme étouffé sous
terre. D'un ton guilleret qui donnait froid à l'âme,
la voix chantait :

> Pour la pêche d'Islande, mon mari
> vient de partir ;
> Il m'a laissé sans le sou,
> Mais... trala, trala, la lou...

Et alors elle subissait ce genre particulier de
frayeur que cause la compagnie des folles.

La pluie tombait, tombait, avec un petit bruit
incessant de fontaine ; on l'entendait presque
sans répit ruisseler dehors sur les murs. Dans le
vieux toit de mousse, il y avait des gouttières qui,
toujours aux mêmes endroits, infatigables,
monotones, faisaient le même tintement triste ;
elles détrempaient par places le sol du logis, qui
était de roches et de terre battue avec des gra-
viers et des coquilles.

On sentait l'eau partout autour de soi, elle vous
enveloppait de ses masses froides, infinies : une
eau tourmentée, fouettante, s'émiettant dans
l'air, épaississant l'obscurité, et isolant encore
davantage les unes des autres les chaumières
éparses du pays de Ploubazlanec.

Les soirées de dimanche étaient pour Gaud les
plus sinistres, à cause d'une certaine gaîté
qu'elles apportaient ailleurs : c'étaient des
espèces de soirées joyeuses, même dans ces petits
hameaux perdus de la côte ; il y avait toujours, ici
ou là, quelque chaumière fermée, battue par la
pluie noire, d'où partaient des chants lourds. Au-

dedans, des tables alignées pour les buveurs ; des marins se séchant à des flambées fumeuses ; les vieux se contentant avec l'eau-de-vie, les jeunes courtisant des filles, tous allant jusqu'à l'ivresse, et chantant pour s'étourdir. Et, près d'eux, la mer, leur tombeau de demain, chantait aussi, emplissait la nuit de sa voix immense...

Certains dimanches, des bandes de jeunes hommes, qui sortaient de ces cabarets-là ou revenaient de Paimpol, passaient dans le chemin, près de la porte des Moan ; c'étaient ceux qui habitaient à l'extrémité des terres, vers Pors-Even. Ils passaient très tard, échappés des bras des filles, insouciants de se mouiller, coutumiers des rafales et des ondées. Gaud tendait l'oreille à leurs chansons et à leurs cris — très vite noyés dans le bruit des bourrasques ou de la houle — cherchant à démêler la voix de Yann, se sentant trembler ensuite quand elle s'imaginait l'avoir reconnue.

N'être pas revenu les voir, c'était mal de la part de ce Yann ; et mener une vie joyeuse, si près de la mort de Sylvestre — tout cela ne lui ressemblait pas ! Non elle ne le comprenait plus décidément — et, malgré tout, ne pouvait se détacher de lui ni croire qu'il fût sans cœur.

Le fait est que, depuis son retour, sa vie était bien dissipée.

D'abord il y avait eu la tournée habituelle d'octobre dans le golfe de Gascogne — et c'est toujours pour ces Islandais une période de plaisir, un moment où ils ont dans leur bourse un peu d'argent à dépenser sans souci (de petites avances pour s'amuser, que les capitaines donnent sur les grandes parts de pêche, payables seulement en hiver).

On était allé, comme tous les ans, chercher du sel dans les îles, et lui s'était repris d'amour, à Saint-Martin-de-Ré, pour certaine fille brune, sa maîtresse du précédent automne. Ensemble ils s'étaient promenés, au dernier gai soleil, dans les vignes rousses toutes remplies du chant des alouettes, tout embaumées par les raisins mûrs, les œillets des sables et les senteurs marines des plages : ensemble ils avaient chanté et dansé des rondes à ces veillées de vendange où l'on se grise, d'une ivresse amoureuse et légère, en buvant le vin doux.

Ensuite, la *Marie* ayant poussé jusqu'à Bordeaux, il avait retrouvé, dans un grand estaminet tout en dorures, la belle chanteuse à la montre, et s'était négligemment laissé adorer pendant huit nouveaux jours.

Revenu en Bretagne au mois de novembre, il avait assisté à plusieurs mariages de ses amis, comme garçon d'honneur, tout le temps dans ses beaux habits de fête, et souvent ivre après minuit, sur la fin des bals. Chaque semaine, il lui arrivait quelque aventure nouvelle, que les filles s'empressaient de raconter à Gaud, en exagérant.

Trois ou quatre fois, elle l'avait vu de loin venir en face d'elle sur ce chemin de Ploubazlanec, mais toujours à temps pour l'éviter ; lui aussi du reste, dans ces cas-là, prenait à travers la lande. Comme par une entente muette, maintenant ils se fuyaient.

15

A Paimpol, il y a une grosse femme appelée
Mme Tressoleur ; dans une des rues qui mènent
au port, elle tient un cabaret fameux parmi les
Islandais, où des capitaines et des armateurs
viennent enrôler des matelots, faire leur choix
parmi les plus forts, en buvant avec eux.

Autrefois belle, encore galante avec les
pêcheurs, elle a des moustaches à présent, une
carrure d'homme et la réplique hardie. Un air de
cantinière, sous une grande coiffure blanche de
nonnain ; en elle, un je ne sais quoi de religieux,
qui persiste quand même parce qu'elle est Bretonne. Dans sa tête, les noms de tous les marins
du pays tiennent comme sur un registre ; elle
connaît les bons, les mauvais, sait au plus juste
ce qu'ils gagnent et ce qu'ils valent.

Un jour de janvier, Gaud, ayant été mandée
pour lui faire une robe, vint travailler là, dans
une chambre, derrière la salle aux buveurs...

Chez cette dame Tressoleur, on entre par une
porte aux massifs piliers de granit, qui est en
retrait sous le premier étage de la maison, à la
mode ancienne ; quand on l'ouvre, il y a presque
toujours quelque rafale engouffrée dans la rue
qui la pousse, et les arrivants font des entrées
brusques, comme lancés par une lame de houle.

La salle est basse et profonde, passée à la chaux blanche et ornée de cadres dorés où se voient des navires, des abordages, des naufrages. Dans un angle, une Vierge en faïence est posée sur une console, entre des bouquets artificiels.

Ces vieux murs ont entendu vibrer bien des chants puissants de matelots, ont vu s'épanouir bien des gaîtés lourdes et sauvages — depuis les temps reculés de Paimpol, en passant par l'époque agitée des corsaires, jusqu'à ces Islandais de nos jours très peu différents de leurs ancêtres. Et bien des existences d'hommes ont été jouées, engagées là, entre deux ivresses, sur ces tables de chêne.

Gaud, tout en cousant cette robe, avait l'oreille à une conversation sur les choses d'Islande qui se tenait derrière la cloison entre Mme Tressoleur et deux *retraités* assis à boire.

Ils discutaient, les vieux, au sujet de certain beau bateau tout neuf, qu'on était en train de gréer dans le port : jamais elle ne serait parée, cette *Léopoldine*, à faire la campagne prochaine.

— Eh ! mais si, ripostait l'hôtesse, bien sûr qu'elle sera parée ! — Puisque je vous dis, moi, qu'elle a pris équipage hier : tous ceux de l'ancienne *Marie*, de Guermeur, qu'on va vendre pour la démolir ; cinq *jeunes personnes*, qui sont venues s'engager là, devant moi — à cette table, — signer avec ma plume — ainsi ! — Et des *bel'hommes*, je vous jure : Laumec, Tugdual Caroff, Yvon Duff, le fils Keraez, de Tréguier — et le grand Yann Gaos, de Pors-Even, qui en vaut bien trois !

La *Léopoldine* !... Le nom, à peine entendu, de ce bateau qui allait emporter Yann, s'était fixé d'un seul coup dans la mémoire de Gaud, comme si on l'y eût martelé pour le rendre plus ineffaçable.

Le soir, revenue à Ploubazlanec, installée à

finir son ouvrage à la lumière de sa petite lampe, elle retrouvait dans sa tête ce mot-là toujours, dont la seule consonance l'impressionnait comme une chose triste. Les noms des personnes et ceux des navires ont une physionomie par eux-mêmes, presque un sens. Et ce *Léopoldine*, mot nouveau, inusité, la poursuivait avec une persistance qui n'était pas naturelle, devenait une sorte d'obsession sinistre. Non, elle s'était attendue à voir Yann repartir encore sur la *Marie* qu'elle avait visitée jadis, qu'elle connaissait, et dont la Vierge avait protégé pendant de longues années les dangereux voyages ; et voici que ce changement, cette *Léopoldine*, augmentait son angoisse.

Mais, bientôt, elle en vint à se dire que pourtant cela ne la regardait plus, que rien de ce qui le concernait, lui, ne devait plus la toucher jamais. Et, en effet, qu'est-ce que cela pouvait lui faire, qu'il fût ici ou ailleurs, sur un navire ou sur un autre, parti ou de retour ?... Se sentirait-elle plus malheureuse, ou moins, quand il serait en Islande ; lorsque l'été serait revenu, tiède, sur les chaumières désertées, sur les femmes solitaires et inquiètes ; — ou bien quand un nouvel automne commencerait encore, ramenant une fois de plus les pêcheurs ?... Tout cela pour elle était indifférent, semblable, également sans joie et sans espoir. Il n'y avait plus aucun lien entre eux deux, aucun motif de rapprochement, puisque même il oubliait le pauvre petit Sylvestre ; donc il fallait bien comprendre que c'en était fait pour toujours de ce seul rêve, de ce seul désir de sa vie ; elle devait se détacher de Yann, de toutes les choses qui avaient trait à son existence, même de ce nom d'Islande qui vibrait encore avec un charme si douloureux à cause de lui ; chasser absolument ces pensées, tout balayer ; se dire que c'était fini, fini à jamais...

Avec douceur elle regarda cette pauvre vieille femme endormie, qui avait encore besoin d'elle, mais qui ne tarderait pas à mourir. Et alors, après, à quoi bon vivre, à quoi bon travailler, et pour quoi faire ?...

Le vent d'ouest s'était levé dehors ; les gouttières du toit avaient recommencé, sur ce grand gémissement lointain, leur bruit tranquille et léger de grelot de poupée. Et ses larmes aussi se mirent à couler, larmes d'orpheline et d'abandonnée, passant sur ses lèvres avec un petit goût amer, descendant silencieusement sur son ouvrage, comme ces pluies d'été qu'aucune brise n'amène, et qui tombent tout à coup, pressées et pesantes, de nuages trop remplis ; alors n'y voyant plus, se sentant brisée, prise de vertige devant le vide de sa vie, elle replia le corsage ample de cette dame Tressoleur et essaya de se coucher.

Dans son pauvre beau lit de demoiselle, elle frisonna en s'étendant : il devenait chaque jour plus humide et plus froid — ainsi que toutes les choses de cette chaumière. — Cependant, comme elle était très jeune, tout en continuant de pleurer, elle finit par se réchauffer et s'endormir.

16

Des semaines sombres avaient passé encore, et
on était déjà aux premiers jours de février, par un
assez beau temps doux.

Yann sortait de chez l'armateur, venant de toucher sa part de pêche du dernier été, quinze cents
francs, qu'il emportait pour les remettre à sa
mère, suivant la coutume de famille. L'année
avait été bonne, et il s'en retournait content.

Près de Ploubazlanec, il vit un rassemblement
au bord de la route : une vieille, qui gesticulait
avec son bâton, et autour d'elle des gamins ameu-
tés qui riaient... La grand-mère Moan !... La
bonne grand-mère que Sylvestre adorait, toute
traînée et déchirée, devenue maintenant une de
ces vieilles pauvresses imbéciles qui font des
attroupements sur les chemins !... Cela lui causa
une peine affreuse.

Ces gamins de Ploubazlanec lui avaient tué son
chat, et elle les menaçait de son bâton, très en
colère et en désespoir :

— Ah ! s'il avait été ici, lui, mon pauvre garçon, vous n'auriez pas osé, bien sûr, mes vilains
drôles !...

Elle était tombée, paraît-il, en courant après
eux pour les battre ; sa coiffe était de côté, sa
robe pleine de boue, et ils disaient encore qu'elle

était grise (comme cela arrive bien en Bretagne à quelques pauvres vieux qui ont eu des malheurs).

Yann savait, lui, que ce n'était pas vrai, et qu'elle était une vieille respectable ne buvant jamais que de l'eau.

— Vous n'avez pas honte ? dit-il aux gamins, très en colère lui aussi, avec sa voix et son ton qui imposaient.

Et, en un clin d'œil, tous les petits se sauvèrent, penauds et confus, devant le grand Gaos.

Gaud, qui justement revenait de Paimpol, rapportant de l'ouvrage pour la veillée, avait aperçu cela de loin, reconnu sa grand-mère dans ce groupe. Effrayée, elle arriva en courant pour savoir ce que c'était, ce qu'elle avait eu, ce qu'on avait pu lui faire — et comprit, voyant leur chat qu'on avait tué.

Elle leva ses yeux francs vers Yann, qui ne détourna pas les siens ; ils ne songeaient plus à se fuir cette fois ; devenus seulement très roses tous deux, lui aussi vite qu'elle, d'une même montée de sang à leurs joues, ils se regardaient, avec un peu d'effarement de se trouver si près ; mais sans haine, presque avec douceur, réunis qu'ils étaient dans une commune pensée de pitié et de protection.

Il y avait longtemps que les enfants de l'école lui en voulaient, à ce pauvre matou défunt, parce qu'il avait la figure noire, un air de diable ; mais c'était un très bon chat, et, quand on le regardait de près, on lui trouvait au contraire la mine tranquille et câline. Ils l'avaient tué avec des cailloux et son œil pendait. La pauvre vieille, en marmottant toujours des menaces, s'en allait tout émue, toute branlante, emportant par la queue, comme un lapin, ce chat mort.

— Ah ! mon pauvre garçon, mon pauvre garçon... s'il était encore de ce monde, on n'aurait pas osé me faire ça, non bien sûr !...

Il lui était sorti des espèces de larmes qui coulaient dans ses rides ; et ses mains, à grosses veines bleues, tremblaient.

Gaud l'avait recoiffée au milieu, tâchait de la consoler avec des paroles douces de petite fille. Et Yann s'indignait ; si c'était possible, que des enfants fussent si méchants ! Faire une chose pareille à une pauvre vieille femme ! Les larmes lui en venaient presque, à lui aussi. — Non point pour ce matou, il va sans dire : les jeunes hommes rudes comme lui, s'ils aiment bien à jouer avec les bêtes, n'ont guère de sensiblerie pour elles ; mais son cœur se fendait, à marcher là derrière cette grand-mère en enfance, emportant son pauvre chat par la queue. Il pensait à Sylvestre, qui l'avait tant aimée ; au chagrin horrible qu'il aurait eu, si on lui avait prédit qu'elle finirait ainsi, en dérision et en misère.

Et Gaud s'excusait, comme étant chargée de sa tenue :

— C'est qu'elle sera tombée, pour être si sale, disait-elle tout bas ; sa robe n'est plus bien neuve, c'est vrai, car nous ne sommes pas riches, monsieur Yann ; mais je l'avais encore raccommodée hier, et ce matin quand je suis partie, je suis sûre qu'elle était propre et en ordre.

Il la regarda alors longuement, beaucoup plus touché peut-être par cette petite explication toute simple qu'il ne l'eût été par d'habiles phrases, des reproches et des pleurs. Ils continuaient de marcher l'un près de l'autre, se rapprochant de la chaumière des Moan. — Pour jolie, elle l'avait toujours été comme personne, il le savait fort bien, mais il lui parut qu'elle l'était encore davantage depuis sa pauvreté et son deuil. Son air était devenu plus sérieux, ses yeux gris de lin avaient l'expression plus réservée et semblaient malgré cela vous pénétrer plus avant, jusqu'au fond de l'âme. Sa taille aussi avait achevé de se former.

Vingt-trois ans bientôt ; elle était dans tout son
épanouissement de beauté.

Et puis elle avait à présent la tenue d'une fille
de pêcheur, sa robe noire sans ornements et une
coiffe tout unie ; son air de demoiselle, on ne
savait plus bien d'où il lui venait ; c'était quelque
chose de caché en elle-même et d'involontaire
dont on ne pouvait plus lui faire reproche ; peut-
être seulement son corsage, un peu plus ajusté
que celui des autres, par habitude d'autrefois,
dessinant mieux sa poitrine ronde et le haut de
ses bras... Mais non, cela résidait plutôt dans sa
voix tranquille et dans son regard.

17

Décidément il les accompagnait — jusque chez elle sans doute.

Ils s'en allaient tous trois, comme pour l'enterrement de ce chat, et cela devenait presque un peu drôle, maintenant, de les voir ainsi passer en cortège ; il y avait sur les portes des bonnes gens qui souriaient. La vieille Yvonne au milieu, portant la bête ; Gaud à sa droite, troublée et toujours très rose ; le grand Yann à sa gauche, tête haute, et pensif.

Cependant la pauvre vieille s'était presque subitement apaisée en route ; d'elle-même, elle s'était recoiffée et, sans plus rien dire, elle commençait à les observer alternativement l'un et l'autre ; du coin de son œil qui était redevenu clair.

Gaud ne parlait pas non plus, de peur de donner à Yann une occasion de prendre congé ; elle eût voulu rester sur ce bon regard doux qu'elle avait reçu de lui, marcher les yeux fermés pour ne plus voir rien autre chose, marcher ainsi bien longtemps à ses côtés dans un rêve qu'elle faisait, au lieu d'arriver si vite à leur logis vide et sombre où tout allait s'évanouir.

A la porte, il y eut une de ces minutes d'indécision pendant lesquelles il semble que le cœur cesse de battre. La grand-mère entra sans se retourner ; puis Gaud, hésitante, et Yann, par-derrière, entra aussi...

Il était chez elles, pour la première fois de sa vie ; sans but, probablement ; qu'est-ce qu'il pouvait vouloir ?... En passant le seuil, il avait touché son chapeau, et puis, ses yeux ayant rencontré d'abord le portrait de Sylvestre dans sa petite couronne mortuaire en perles noires, il s'en était approché lentement comme d'une tombe.

Gaud était restée debout, appuyée des mains à leur table. Il regardait maintenant tout autour de lui, et elle le suivait dans cette sorte de revue silencieuse qu'il passait de leur pauvreté. Bien pauvre, en effet, malgré son air rangé et honnête, le logis de ces deux abandonnées qui s'étaient réunies. Peut-être, au moins, éprouverait-il pour elle un peu de bonne pitié, en la voyant redescendue à cette même misère, à ce granit fruste et à ce chaume. Il n'y avait plus de la richesse passée, que le lit blanc, le beau lit de demoiselle, et involontairement les yeux de Yann revenaient là...

Il ne disait rien... Pourquoi ne s'en allait-il pas ?... La vieille grand-mère, qui était encore si fine à ses moments lucides, faisait semblant de ne pas prendre garde à lui. Donc ils restaient debout l'un devant l'autre, muets et anxieux, finissant par se regarder comme pour quelque interrogation suprême.

Mais les instants passaient et, à chaque seconde écoulée, le silence semblait entre eux se figer davantage. Et ils se regardaient toujours plus profondément, comme dans l'attente solennelle de quelque chose d'inouï qui tardait à venir.

— Gaud, demanda-t-il à demi-voix grave, si vous voulez toujours...

Qu'allait-il dire ?... On devinait quelque grande

décision, brusque comme étaient les siennes, prise là tout à coup, et osant à peine être formulée...

— Si vous voulez toujours... La pêche s'est bien vendue cette année, et j'ai un peu d'argent devant moi...

Si elle voulait toujours !... Que lui demandait-il ? avait-elle bien entendu ? Elle était anéantie devant l'immensité de ce qu'elle croyait comprendre.

Et la vieille Yvonne, de son coin là-bas, dressait l'oreille, sentant du bonheur approcher...

— Nous pourrions faire notre mariage, mademoiselle Gaud, si vous vouliez toujours...

... Et puis il attendit sa réponse, qui ne vint pas... Qui donc pouvait l'empêcher de prononcer ce oui ?... Il s'étonnait, il avait peur, et elle s'en apercevait bien. Appuyée des deux mains à la table, devenue toute blanche, avec des yeux qui se voilaient, elle était sans voix, ressemblait à une mourante très jolie...

— Eh bien, Gaud, réponds donc ! dit la vieille grand-mère qui s'était levée pour venir à eux. Voyez-vous, ça la surprend, monsieur Yann ; il faut l'excuser ; elle va réfléchir et vous répondre tout à l'heure... Asseyez-vous, monsieur Yann, et prenez un verre de cidre avec nous...

Mais non, elle ne pouvait pas répondre, Gaud ; aucun mot ne lui venait plus, dans son extase... C'était donc vrai qu'il était bon, qu'il avait du cœur. Elle le trouvait là, son vrai Yann, tel qu'elle n'avait jamais cessé de le voir en elle-même, malgré sa dureté, malgré son refus sauvage, malgré tout. Il l'avait dédaignée longtemps ; il l'acceptait aujourd'hui — et aujourd'hui qu'elle était pauvre ; c'était son idée à lui sans doute, il avait eu quelque motif qu'elle saurait plus tard ; en ce moment, elle ne songeait pas du tout à lui en demander compte, non plus qu'à lui en reprocher son chagrin de deux années. Tout cela, d'ailleurs, était si oublié, tout cela venait d'être emporté si loin, en une seconde, par le tourbillon délicieux qui passait sur sa vie !... Toujours muette, elle lui disait son adoration rien qu'avec ses yeux, tout noyés, qui le regardaient avec une extrême profondeur, tandis qu'une grosse pluie de larmes commençait à descendre le long de ses joues...

— Allons, Dieu vous bénisse ! mes enfants, dit la grand-mère Moan. Et moi, je lui dois un grand merci, car je suis encore contente d'être devenue si vieille pour avoir vu ça avant de mourir.

Ils restaient toujours là, l'un devant l'autre, se tenant les mains, et ne trouvant pas de mots pour se parler ; ne connaissant aucune parole qui fût assez douce, aucune phrase ayant le sens qu'il fallait, aucune qui leur semblât digne de rompre leur délicieux silence.

— Embrassez-vous, au moins, mes enfants... Mais c'est qu'ils ne se disent rien !... Ah ! mon Dieu, les drôles de petits-enfants que j'ai là par exemple !... Allons, Gaud, dis-lui quelque chose, ma fille. De mon temps à moi, me semble qu'on s'embrassait, quand on s'était promis...

Yann ôta son chapeau, comme saisi tout à coup d'un grand respect inconnu, avant de se pencher pour embrasser Gaud — et il lui sembla que c'était le premier vrai baiser qu'il eût jamais donné de sa vie.

Elle aussi l'embrassa, appuyant de tout son cœur ses lèvres fraîches, inhabiles aux raffinements des caresses, sur cette joue de son fiancé que la mer avait dorée. Dans les pierres du mur, le grillon leur chantait le bonheur ; il tombait juste, cette fois, par hasard. Et le pauvre petit portrait de Sylvestre avait un air de leur sourire, du milieu de sa couronne noire. Et tout paraissait s'être subitement vivifié et rajeuni dans la chaumière morte. Le silence s'était rempli de musiques inouïes ; même le crépuscule pâle d'hiver, qui entrait par la lucarne, était devenu comme une belle lueur enchantée...

— Alors, c'est au retour d'Islande que vous allez faire ça, mes bons enfants ?

Gaud baissa la tête. L'Islande, la *Léopoldine* — c'est vrai, elle avait déjà oublié ces épouvantes dressées sur la route. — Au retour d'Islande !... comme ce serait long ! Encore tout cet été d'attente craintive. Et Yann, battant le sol du bout de son pied, à petits coups rapides, devenu fort pressé lui aussi, comptait en lui-même très vite, pour voir si, en se dépêchant bien, on n'aurait pas le temps de se marier avant ce départ : tant de jours pour réunir les papiers, tant de jours pour publier les bans à l'église ; oui, cela ne mènerait jamais qu'au 20 ou 25 du mois pour les noces, et, si rien n'entravait, on aurait donc encore une grande semaine à rester ensemble après.

— Je m'en vais toujours commencer par prévenir notre père, dit-il, avec autant de hâte que si les minutes mêmes de leur vie étaient maintenant mesurées et précieuses...

QUATRIÈME PARTIE

1

Les amoureux aiment toujours beaucoup s'asseoir ensemble sur les bancs, devant les portes, quand la nuit tombe.

Yann et Gaud pratiquaient cela, eux aussi. Chaque soir, c'était à la porte de la chaumière des Moan, sur le vieux banc de granit, qu'ils se faisaient leur cour.

D'autres ont le printemps, l'ombre des arbres, les soirées tièdes, les rosiers fleuris. Eux n'avaient rien que des crépuscules de février descendant sur un pays marin, tout d'ajoncs et de pierres. Aucune branche de verdure au-dessus de leur tête, ni alentour, rien que le ciel immense, où passaient lentement des brumes errantes. Et pour fleurs, des algues brunes, que les pêcheurs, en remontant de la grève, avaient entraînées dans le sentier avec leurs filets.

Les hivers ne sont pas rigoureux dans cette région tiédie par des courants de la mer ; mais c'est égal, ces crépuscules amenaient souvent des humidités glacées, et d'imperceptibles petites pluies qui se déposaient sur leurs épaules.

Ils restaient tout de même, se trouvant très bien là. Et ce banc, qui avait plus d'un siècle, ne s'étonnait pas de leur amour, en ayant déjà vu bien d'autres ; il en avait bien entendu, des douces paroles, sortir, toujours les mêmes, de génération en génération, de la bouche des jeunes, et il était habitué à voir les amoureux revenir plus tard, changés en vieux branlants et en vieilles tremblotantes, s'asseoir à la même place — mais dans le jour alors, pour respirer encore un peu d'air et se chauffer à leur dernier soleil.

De temps en temps, la grand-mère Yvonne mettait la tête à la porte pour les regarder. Non pas qu'elle fût inquiète de ce qu'ils faisaient ensemble, mais par affection seulement, pour le plaisir de les voir, et aussi pour essayer de les faire rentrer. Elle disait :

— Vous aurez froid, mes bons enfants, vous attraperez du mal. *Ma Doué, ma Doué*, rester dehors si tard, je vous demande un peu, ça a-t-il du bon sens ?

Froid !... Est-ce qu'ils avaient froid, eux ? Est-ce qu'ils avaient seulement conscience de quelque chose en dehors du bonheur d'être l'un près de l'autre ?

Les gens qui passaient, le soir, dans le chemin, entendaient un léger murmure à deux voix, mêlé au bruissement que la mer faisait en dessous, au pied des falaises. C'était une musique très harmonieuse, la voix fraîche de Gaud alternait avec celle de Yann qui avait des sonorités douces et caressantes dans des notes graves. On distinguait aussi leurs deux silhouettes tranchant sur le granit du mur auquel ils étaient adossés : d'abord le blanc de la coiffe de Gaud, puis toute sa forme svelte en robe noire et, à côté d'elle, les épaules carrées de son ami. Au-dessus d'eux, le dôme bossu de leur toit de paille et, derrière tout cela, les infinis crépusculaires, le vide incolore des eaux et du ciel...

Ils finissaient tout de même par rentrer s'asseoir dans la cheminée, et la vieille Yvonne, tout de suite endormie, la tête tombée en avant, ne gênait pas beaucoup ces deux jeunes qui s'aimaient. Ils recommençaient à se parler à voix basse, avant à se rattraper de deux ans de silence ; ayant besoin de se presser beaucoup pour se faire cette cour, puisqu'elle devait si peu durer.

Il était convenu qu'ils habiteraient chez cette grand-mère Yvonne qui, par testament, leur léguait sa chaumière ; pour le moment, ils n'y faisaient aucune amélioration, faute de temps, et remettaient au retour d'Islande leur projet d'embellir un peu ce pauvre nid par trop désolé.

Un soir, il s'amusait à lui citer mille petites choses qu'elle avait faites ou qui lui étaient arrivées depuis leur première rencontre ; il lui disait même les robes qu'elle avait eues, les fêtes où elle était allée.

Elle l'écoutait avec une extrême surprise. Comment donc savait-il tout cela ? Qui se serait imaginé qu'il y avait fait attention et qu'il était capable de le retenir ?...

Lui, souriant, faisant le mystérieux, et racontait encore d'autres petits détails, même des choses qu'elle avait presque oubliées.

Maintenant, sans plus l'interrompre, elle le laissait dire, avec un ravissement inattendu qui la prenait tout entière ; elle commençait à deviner, à comprendre : c'est qu'il l'avait aimée, lui aussi, tout ce temps-là !... Elle avait été sa préoccupation constante ; il lui en faisait l'aveu naïf à présent !...

Et alors qu'est-ce qu'il avait eu, mon Dieu ; pourquoi l'avait-il tant repoussée, tant fait souffrir ?

Toujours ce mystère qu'il avait promis d'éclaircir pour elle, mais dont il reculait sans cesse l'explication, avec un air embarrassé et un commencement de sourire incompréhensible.

Ils allèrent à Paimpol un beau jour, avec la grand-mère Yvonne, pour acheter la robe de noces.

Parmi les beaux costumes de demoiselle qui lui restaient d'autrefois, il y en avait qui auraient très bien pu être arrangés pour la circonstance, sans qu'on eût besoin de rien acheter. Mais Yann avait voulu lui faire ce cadeau, et elle ne s'en était pas trop défendue : avoir une robe donnée par lui, payée avec l'argent de son travail et de sa pêche, il lui semblait que cela le fît déjà un peu son épouse.

Ils la choisirent noire, Gaud n'ayant pas fini le deuil de son père. Mais Yann ne trouvait rien d'assez joli dans les étoffes qu'on déployait devant eux. Il était un peu hautain vis-à-vis des marchands et, lui qui autrefois ne serait entré pour rien au monde dans aucune des boutiques de Paimpol, ce jour-là s'occupait de tout, même de la forme qu'aurait cette robe ; il voulut qu'on y mît de grandes bandes de velours pour la rendre plus belle.

Un soir qu'ils étaient assis sur leur banc de pierre dans la solitude de leur falaise où la nuit tombait, leurs yeux s'arrêtèrent par hasard sur un buisson d'épines — le seul d'alentour — qui croisait entre les rochers au bord du chemin. Dans le demi-obscurité, il leur sembla distinguer sur ce buisson de légères petites houppes blanches :

— On dirait qu'il est fleuri, dit Yann.

Et ils s'en approchèrent pour s'en assurer.

Il était tout en fleurs. N'y voyant pas beaucoup, ils le touchèrent, vérifiant avec leurs doigts la présence de ces petites fleurettes qui étaient tout humides de brouillard. Et alors, il leur vint une première impression hâtive de printemps ; du même coup, ils s'aperçurent que les jours avaient allongé ; qu'il y avait quelque chose de plus tiède dans l'air, de plus lumineux dans la nuit.

Mais comme ce buisson était en avance ! Nulle part dans le pays, au bord d'aucun chemin, on n'en eût trouvé un pareil. Sans doute, il avait fleuri là exprès pour eux, pour leur fête d'amour...

— Oh ! nous allons en cueillir alors ! dit Yann.

Et, presque à tâtons, il composa un bouquet entre ses mains rudes ; avec le grand couteau de pêcheur qu'il portait à sa ceinture, il enleva soi-

gneusement les épines, puis il le mit au corsage e
Gaud :

— Là, comme une mariée, dit-il en se reculant,
comme pour voir, malgré la nuit, si cela lui seyait
bien.

Au-dessous d'eux, la mer très calme déferlait
faiblement sur les galets de la grève, avec un petit
bruissement intermittent, régulier comme une
respiration de sommeil ; elle semblait indifférente, ou même favorable, à cette cour qu'ils se
faisaient là tout près d'elle.

Les jours leur paraissaient longs dans l'attente
des soirées, et ensuite, quand ils se quittaient sur
le coup de dix heures, il leur venait un petit
découragement de vivre, parce que c'était déjà
fini...

Il fallait se hâter, se hâter pour les papiers,
pour tout, sous peine de n'être pas prêt et de
laisser fuir le bonheur devant soi, jusqu'à
l'automne, jusqu'à l'avenir incertain...

Leur cour, faite le soir dans ce lieu triste, au
bruit continuel de la mer, et avec cette préoccupation un peu enfiévrée de la marche du
temps, prenait de tout cela quelque chose de
particulier et de presque sombre. Ils étaient des
amoureux différentes des autres, plus graves,
plus inquiets dans leur amour.

Il e disait toujours pas ce qu'il avait eu pendant
deux ans contre elle et, quand il était reparti le
soir, ce mystère tourmentait Gaud. Pourtant il
l'aimait bien, elle en était sûre.

C'était vrai, qu'il l'avait de tout temps aimée,
mais pas comme à présent : cela augmentait dans
son cœur et dans sa tête comme une marée qui
monte, qui monte, jusqu'à tout remplir. Il n'avait
jamais connu cette manière d'aimer quelqu'un.

De temps en temps, sur le banc de pierre, il
s'allongeait,presque étendu, jetait la tête sur les
genoux de Gaud, par câlinerie d'enfant pour se

faire caresser, et puis se redressait bien vite, par
convenance. Il eût aimé se coucher par terre à ses
pieds, et rester là, le front appuyé sur le bas de sa
robe. En dehors de ce baiser de frère qu'il lui
donnait en arrivant et en partant, il n'osait pas
l'embrasser. Il adorait le je ne sais quoi invisible
qui était en elle, qui était son âme, qui se manifestait à lui dans le son pur et tranquille de sa
voix, dans l'expression de son sourire, dans son
beau regard limpide...

Et dire qu'elle était en même temps une femme
de chair, plus belle et plus désirable qu'aucune
autre ; qu'elle lui appartiendrait bientôt d'une
manière aussi complète que ses maîtresses
d'avant, sans cesser pour cela d'être *elle-même !*...
Cette idée le faisait frissonner jusqu'aux moelles
profondes ; il ne concevait pas bien d'avance ce
que serait une pareille ivresse, mais il n'y arrêtait
pas sa pensée, par respect, se demandant presque
s'il oserait commettre ce délicieux sacrilège...

5

Un soir de pluie, ils étaient assis près l'un de
l'autre dans la cheminée, et leur grand-mère
Yvonne dormait en face d'eux. La flamme qui
dansait dans les branchages du foyer faisait
promener au plafond noir leurs ombres agran-
dies.

Ils se parlaient bien bas, comme font tous les
amoureux. Mais il y avait, ce soir-là, de longs
silences embarrassés, dans leur causerie. Lui
surtout ne disait presque rien, et baissait la tête
avec un demi-sourire, cherchant à se dérober
aux regards de Gaud.

C'est qu'elle l'avait pressé de questions, toute
la soirée, sur ce mystère qu'il n'y avait pas
moyen de faire dire, et cette fois il se voyait
pris ; elle était trop fine et trop décidée à
savoir ; aucun faux-fuyant ne le tirerait plus de
ce mauvais pas.

— De méchants propos qu'on avait tenus sur
mon compte ? demandait-elle.

Il essaya de répondre oui. De méchants propos, oh !... on en avait tenu beaucoup dans
Paimpol, et dans Ploubazlanec...

Elle demanda quoi. Il se troubla et ne sut pas
dire. Alors elle vit bien que ce devait être autre
chose.

— C'était ma toilette, Yann ?

Pour la toilette, il est sûr que cela y avait contribué : elle en faisait trop, pendant un temps, pour devenir la femme d'un simple pêcheur. Mais enfin il était forcé de convenir que ce n'était pas tout.

— Était-ce parce que, dans ce temps-là, nous passions pour riches ? Vous aviez peur d'être refusé ?

— Oh ! non, pas cela.

Il fit cette réponse avec une si naïve sûreté de lui-même, que Gaud en fut amusée. Et puis il y eut de nouveau un silence pendant lequel on entendit dehors le bruit gémissant de la brise et de la mer.

Tandis qu'elle l'observait attentivement, une idée commençait à lui venir, et son expression changeait à mesure :

— Ce n'était rien de tout cela, Yann ; alors quoi ? dit-elle en le regardant tout à coup dans le blanc des yeux, avec le sourire d'inquisition irrésistible de quelqu'un qui a deviné.

Et lui détourna la tête, en riant tout à fait.

Ainsi, c'était bien cela, elle avait trouvé : de raison, il ne pouvait pas lui en donner, parce qu'il n'y en avait pas, il n'y en avait eu jamais. Eh bien, oui, tout simplement il avait fait son têtu (comme Sylvestre disait jadis), et c'était tout. Mais voilà aussi, on l'avait tourmenté avec cette Gaud ! Tout le monde s'y était mis, ses parents, Sylvestre, ses camarades islandais, jusqu'à Gaud elle-même. Alors il avait commencé à dire non, obstinément non, tout en gardant au fond de son cœur l'idée qu'un jour, quand personne n'y penserait plus, cela finirait certainement par être oui.

Et c'était pour cet enfantillage de son Yann que Gaud avait langui, abandonnée pendant deux ans, et désiré mourir...

Après le premier mouvement, qui avait été de rire un peu, par confusion d'être découvert, Yann regarda Gaud avec de bons yeux graves qui, à leur tour, interrogeaient profondément : lui pardonnerait-elle au moins ? Il avait un si grand remords aujourd'hui de lui avoir fait tant de peine, lui pardonnerait-elle ?...

— C'est mon caractère qui est comme cela, Gaud, dit-il. Chez nous, avec mes parents, c'est la même chose. Des fois, quand je fais ma tête dure, je reste pendant des huit jours comme fâché avec eux, presque sans parler à personne. Et pourtant je les aime bien, vous le savez, et je finis toujours par leur obéir dans tout ce qu'ils veulent, comme si j'étais encore un enfant de dix ans... Si vous croyez que ça faisait mon affaire, à moi, de ne pas me marier ! Non, cela n'aurait plus duré longtemps dans tous les cas, Gaud, vous pouvez me croire.

Oh ! si elle lui pardonnait ! Elle sentait tout doucement des larmes lui venir, et c'était le reste de son chagrin d'autrefois qui finissait de s'en aller à cet aveu de son Yann. D'ailleurs, sans toute sa souffrance d'avant, l'heure présente n'eût pas été si délicieuse ; à présent que c'était fini, elle aimait presque mieux avoir connu ce temps d'épreuve.

Maintenant tout était éclairci entre eux deux ; d'une manière inattendue, il est vrai, mais complète : il n'y avait plus aucun voile entre leurs deux âmes. Il l'attira contre lui dans ses bras et, leurs têtes s'étant rapprochées, ils restèrent là longtemps, leurs joues appuyées l'une sur l'autre, n'ayant plus besoin de rien s'expliquer ni de rien se dire. Et en ce moment, leur étreinte était si chaste que, la grand-mère Yvonne s'étant réveillée, ils demeurèrent devant elle comme ils étaient, sans aucun trouble.

6

C'était six jours avant le départ pour l'Islande.
Leur cortège de noces s'en revenait de l'église de
Ploubazlanec, pourchassé par un vent furieux,
sous un ciel chargé et tout noir.

Au bras l'un de l'autre, ils étaient beaux tous
deux, marchant comme des rois, en tête de leur
longue suite, marchant comme dans un rêve.
Calmes, recueillis, graves, ils avaient l'air de ne
rien voir, de dominer la vie, d'être au-dessus de
tout. Ils semblaient même être respectés par le
vent, tandis que, derrière eux, ce cortège était un
joyeux désordre de couples rieurs, que de
grandes rafales d'ouest tourmentaient. Beaucoup
de jeunes, chez lesquels aussi la vie débordait ;
d'autres, déjà grisonnants, mais qui souriaient
encore en se rappelant le jour de leurs noces et
leurs premières années. Grand-mère Yvonne
était là et suivait aussi, très éventée, mais presque
heureuse, au bras d'un vieil oncle de Yann qui lui
disait des galanteries anciennes ; elle portait une
belle coiffe neuve qu'on lui avait achetée pour la
circonstance et toujours son petit châle, reteint
une troisième fois — en noir, à cause de Sylvestre.

Et le vent secouait indistinctement tous ces
invités ; on voyait des jupes relevées et des robes

retournées ; des chapeaux et des coiffes qui s'envolaient.

A la porte de l'église, les mariés s'étaient acheté, suivant la coutume, des bouquets de fausses fleurs pour compléter leur toilette de fête. Yann avait attaché les siennes au hasard sur sa poitrine large, mais il était de ceux à qui tout va bien. Quant à Gaud, il y avait de la demoiselle encore dans la façon dont ces pauvres fleurs grossières étaient piquées en haut de son corsage — très ajusté, comme autrefois, sur sa forme exquise.

Le violonaire qui menait tout ce monde, affolé par le vent, jouait à la diable ; ses airs arrivaient aux oreilles par bouffées, et, dans le bruit des bourrasques, semblaient une petite musique drôle, plus grêle que les cris d'une mouette.

Tout Ploubazlanec était sorti pour les voir. Ce mariage avait quelque chose qui passionnait les gens, et on était venu de loin à la ronde ; aux carrefours des sentiers, il y avait partout des groupes qui stationnaient pour les attendre. Presque tous les « Islandais » de Paimpol, les amis de Yann, étaient là postés. Ils saluaient les mariés au passage ; Gaud répondait en s'inclinant légèrement comme une demoiselle, avec sa grâce sérieuse, et, tout le long de sa route, elle était admirée.

Et les hameaux d'alentour, les plus perdus, les plus noirs, même ceux des bois, s'étaient vidés de leurs mendiants, de leurs estropiés, de leurs fous, de leurs idiots à béquilles. Cette gent était échelonnée sur le parcours, avec des musiques, des accordéons, des vielles ; ils tendaient leurs mains, leurs sébiles, leurs chapeaux, pour recevoir des aumônes que Yann leur lançait avec son grand air noble, et Gaud, avec son joli sourire de reine. Il y avait de ces mendiants qui étaient très vieux, qui avaient des cheveux gris sur des têtes vides n'ayant jamais rien contenu ; tapis dans les creux des chemins, ils étaient de la même couleur que la terre d'où ils semblaient n'être qu'incomplètement sortis, et où ils allaient rentrer bientôt sans avoir eu de pensées ; leurs yeux égarés inquiétaient comme le mystère de leurs existences avortées et inutiles. Ils regardaient passer, sans comprendre, cette fête de la vie pleine et superbe...

On continua de marcher au-delà du hameau de Pors-Even, et de la maison des Gaos. C'était pour se rendre, suivant l'usage traditionnel des mariés du pays de Ploubazlanec, à la chapelle de la Trinité, qui est comme au bout du monde breton.

Au pied de la dernière et extrême falaise, elle pose sur un seuil de roches basses, tout près des eaux, et semble déjà appartenir à la mer. Pour y descendre, on prend un sentier de chèvre parmi les blocs de granit. Et le cortège de noces se répandit sur la pente de ce cap isolé, au milieu des pierres, les paroles joyeuses ou galantes se perdant tout à fait dans le bruit du vent et des lames.

Impossible d'atteindre cette chapelle ; par ce gros temps, le passage n'était pas sûr, la mer venait trop près pour frapper ses grands coups. On voyait bondir très haut ses gerbes blanches qui, en retombant, se déployaient pour tout inonder.

Yann, qui s'était le plus avancé, avec Gaud appuyée à son bras, recula le premier devant les embruns. En arrière, son cortège restait échelonné sur les roches, en amphithéâtre, et lui, semblait être venu là pour présenter sa femme à la mer ; mais celle-ci faisait mauvais visage à la mariée nouvelle.

En se retournant, il aperçut le violonaire, perché sur un rocher gris et cherchant à rattraper, entre deux rafales, son air de contredanse.

— Ramasse ta musique, mon ami, lui dit-il ; la mer nous en joue d'une autre qui marche mieux que la tienne...

En même temps commença une grande pluie fouettante qui menaçait depuis le matin. Alors ce fut une débandade folle avec des cris et des rires pour grimper sur la haute falaise et se sauver chez les Gaos...

7

Le dîner de noces se fit chez les parents d'Yann, à cause de ce logis de Gaud, qui était bien pauvre.

Ce fut en haut, dans la grande chambre neuve, une tablée de vingt-cinq personnes autour des mariés ; des sœurs et des frères ; le cousin Gaos le pilote ; Guermeur, Keraez, Yvon Duff, tous ceux de l'ancienne *Marie*, qui étaient de la *Léopoldine* à présent ; quatre filles d'honneur très jolies, leurs nattes de cheveux disposées en rond au-dessus des oreilles, comme autrefois les impératrices de Byzance, et leur coiffe blanche à la nouvelle mode des jeunes, en forme de conque marine ; quatre garçons d'honneur, tous Islandais, bien plantés, avec de beaux yeux fiers.

Et en bas aussi, bien entendu, on mangeait et on cuisinait ; toute la queue du cortège s'y était entassée en désordre, et des femmes de peine, louées à Paimpol, perdaient la tête devant la grande cheminée encombrée de poêles et de marmites.

Les parents d'Yann auraient souhaité pour leur fils une femme plus riche, c'est bien sûr ; mais Gaud était connue à présent pour une fille sage et courageuse ; et puis, à défaut de sa for-

tune perdue, elle était la plus belle du pays, et
cela les flattait de voir les deux époux si assor-
tis.

Le vieux père, en gaîté après la soupe, disait
de ce mariage :

— Ça va faire encore des Gaos, on n'en manquait pourtant pas dans Ploubazlanec !

Et, en comptant sur ses doigts, il expliquait à
un oncle de la mariée comment il y en avait tant
de ce nom-là : son père, qui était le plus jeune
de neuf frères, avait eu douze enfants, tous
mariés avec des cousines, et ça en avait fait,
tout ça, des Gaos, malgré les disparus
d'Islande !...

— Pour moi, dit-il j'ai épousé aussi une Gaos
ma parente, et nous en avons fait encore quatorze à nous deux.

Et à l'idée de cette peuplade, il se réjouissait,
en secouant sa tête blanche.

Dame ! il avait eu de la peine pour les élever,
ses quatorze petits Gaos ; mais à présent ils se
débrouillaient, et puis ces dix mille francs de
l'épave les avaient mis vraiment bien à leur
aise.

En gaîté aussi, le voisin Guermeur racontait
ses tours joués *au service*[1], des histoires de
Chinois, d'Antilles, de Brésil, faisant écarquiller
les yeux aux jeunes qui allaient y aller.

Un de ses meilleurs souvenirs, c'était une
fois, à bord de l'*Iphigénie*, on faisait le plein des
soutes à vin, le soir, à la brune ; et la manche en
cuir, par où ça passait pour descendre, s'était
crevée. Alors, au lieu d'avertir, on s'était mis à
boire à même jusqu'à plus soif ; ça avait duré
deux heures, cette fête ; à la fin ça coulait plein
la batterie ; tout le monde était soûl !

1. Les hommes de la côte appellent ainsi leur temps de
matelot dans la marine de guerre.

Et ces vieux marins, assis à table, riaient de leur rire bon enfant avec une pointe de malice.

— On crie contre le *service*, disaient-ils ; eh bien ! il n'y a encore que là, pour faire des tours pareils !

Dehors, le temps ne s'embellissait pas, au contraire ; le vent, la pluie, faisaient rage dans une épaisse nuit. Malgré les précautions prises, quelques-uns s'inquiétaient de leur bateau, ou de leur barque amarrée dans le port, et parlaient de se lever pour aller y voir.

Cependant un autre bruit, beaucoup plus gai à entendre, arrivait d'en bas où les plus jeunes de la noce soupaient les uns sur les autres : c'étaient les cris de joie, les éclats de rire des petits-cousins et des petites-cousines, qui commençaient à se sentir très émoustillés par le cidre.

On avait servi des viandes bouillies, des viandes rôties, des poulets, plusieurs espèces de poissons, des omelettes et des crêpes.

On avait causé pêche et contrebande, discuté toute sorte de façons pour attraper les messieurs douaniers, qui sont, comme on sait, les ennemis des hommes de mer.

En haut, à la table d'honneur, on se lançait même à parler d'aventures drôles.

Ceci se croisait, en breton, entre ces hommes qui, tous, à leur époque, avaient roulé le monde.

— A Hong-Kong, les *maisons*, tu sais bien, les *maisons* qui sont là, en montant dans les petites rues...

— Ah ! oui, répondait du bout de la table un autre qui les avait fréquentées — oui, en tirant sur la droite quand on arrive ?

— C'est ça ; enfin chez les dames chinoises quoi !... Donc, nous avions *consommé* là-dedans, à trois que nous étions... Des vilaines femmes, *ma Doué*, mais vilaines !...

— Oh ! pour vilaines, je te crois, dit négligemment le grand Yann qui, lui aussi, dans un moment d'erreur, après une longue traversée, les avait connues, ces Chinoises.

— Après, pour payer, qui est-ce qui en avait des piastres ?... Cherche, cherche dans les poches — ni moi, ni toi, ni lui — plus le sou personne ! — Nous faisons des excuses, en promettant de revenir, (Ici, il contournait sa rude figure bronzée et minaudait comme une Chinoise très surprise.) Mais la vieille, pas confiante, commence à miauler, à faire le diable, et finit par nous griffer avec ses pattes jaunes. (Maintenant, il singeait ces voix pointues de là-bas et grimaçait comme cette vieille en colère, tout en roulant ses yeux qu'il avait retroussés par le coin avec ses doigts.) Et voilà les deux Chinois, les deux... enfin les deux patrons de la boîte, tu me comprends — qui ferment la grille à clef, nous dedans ! Comme de juste, on te les empoigne par la queue pour les mettre en danse la tête contre les murs. — Mais crac ! il en sort d'autres par tous les trous, au moins une douzaine qui se relèvent les manches pour nous tomber dessus — avec des airs de se méfier tout de même. — Moi, j'avais justement mon paquet de cannes à sucre, achetées pour mes provisions de route ; et c'est solide, ça ne casse pas, quand c'est vert ; alors tu penses, pour cogner sur les magots ; si ça nous a été utile...

Non, décidément il ventait trop fort ; en ce moment les vitres tremblaient sous une rafale terrible, et le conteur, ayant brusqué la fin de son histoire, se leva pour aller voir sa barque.

Un autre disait :

— Quand j'étais quartier-maître canonier, en fonctions de caporal d'armes sur la *Zénobie*, à Aden, un jour, je vois les marchands de plumes d'autruche qui montent à bord (imitant l'accent de là-bas) : « Bonjour, caporal d'armes ; nous pas voleurs, nous bons marchands. » D'un *para-virer* je te les fais redescendre quatre à quatre : « Toi, bon marchand, que je dis, apporte un peu d'abord un bouquet de plumes pour me faire cadeau ; nous verrons après si on te laissera monter avec ta pacotille. » Et je m'en serais fait pas mal d'argent au retour, si je n'avais pas été si bête ! (Douloureusement :) mais, tu sais, dans ce temps j'étais jeune homme... Alors, à Toulon, une connaissance à moi qui travaillait dans les modes...

Allons, bon, voici qu'un des petits frères d'Yann, un futur Islandais, avec une bonne figure rose et des yeux vifs, tout d'un coup se trouve malade pour avoir bu trop de cidre. Bien vite il faut l'emporter, le petit Laumec, ce qui coupe court au récit des perfidies de cette modiste pour avoir ces plumes...

Le vent dans la cheminée hurlait comme un damné qui souffre ; de temps en temps, avec une force à faire peur, il secouait toute la maison sur ces fondements de pierre.

— On dirait que ça le fâche, parce que nous sommes en train de nous amuser, dit le cousin pilote.

— Non, c'est la mer qui n'est pas contente, répondit Yann, en souriant à Gaud — parce que je lui avais promis mariage.

Cependant, une sorte de langueur étrange commençait à les prendre tous deux ; ils se parlaient plus bas, la main dans la main, isolés au milieu de la gaîté des autres. Lui, Yann, connaissant l'effet du vin sur les sens, ne buvait pas du tout ce soir-là. Et il rougissait à présent, ce grand garçon, quand quelqu'un de ses camarades islandais disait une plaisanterie de matelot sur la nuit qui allait suivre.

Par instants aussi il était triste, en pensant tout à coup à Sylvestre... D'ailleurs, il était convenu qu'on ne devait pas danser à cause du père de Gaud et à cause de lui.

On était au dessert ; bientôt allaient commencer les chansons. Mais avant, il y avait les prières à dire, pour les défunts de la famille ; dans les fêtes de mariage, on ne manque jamais à ce devoir de religion, et quand on vit le père Gaos se lever en découvrant sa tête blanche, il se fit du silence partout :

— Ceci, dit-il, est pour Guillaume Gaos, mon père.

Et, en se signant, il commença pour ce mort la prière latine :

— *Pater noster, qui es in cœlis, sanctificetur nomen tuum...*

Un silence d'église s'était maintenant propagé jusqu'en bas, aux tablées joyeuses des petits. Tous ceux qui étaient dans cette maison répétaient en esprit les mêmes mots éternels.

— Ceci est pour Yves et Jean Gaos, mes frères, perdus dans la mer d'Islande... Ceci est pour Pierre Gaos, mon fils, naufragé à bord de la *Zélie*...

Puis, quand tous ces Gaos eurent chacun leur prière, il se tourna vers la grand-mère Yvonne :

— Ceci, dit-il, est pour Sylvestre Moan.

Et il en récita une autre encore. Alors Yann pleura.

— ... *Sed libera nos a malo. Amen.*

Les chansons commencèrent après. Des chansons apprises *au service*, sur le gaillard d'avant, où il y a comme on sait, beaucoup de beaux chanteurs :

Un noble corps, pas moins, que celui
des zouaves,
Mais chez nous les braves
Narguent le destin,
Hurrah ! hurrah ! vive le vrai marin !

Les couplets étaient dits par un des garçons d'honneur, d'une manière tout à fait langoureuse qui allait à l'âme ; et puis le chœur était repris par d'autres belles voix profondes.

Mais les nouveaux époux n'entendaient plus que du fond d'une sorte de lointain ; quand ils se regardaient, leurs yeux brillaient d'un éclat trouble, comme des lampes voilées ; ils se parlaient de plus en plus bas, la main toujours dans la main, et Gaud baissait souvent la tête, prise peu à peu, devant son maître, d'une crainte plus grande et plus délicieuse.

Maintenant le cousin pilote faisait le tour de la table pour servir d'un certain vin à lui ; il l'avait apporté avec beaucoup de précautions, caressant la bouteille couchée, qu'il ne fallait pas remuer, disait-il.

Il en raconta l'histoire : un jour de pêche, une barrique flottait toute seule au large ; pas moyen de la ramener, elle était trop grosse ; alors ils l'avaient crevée en mer, remplissant tout ce qu'il y avait à bord de pots et de moques. Impossible de tout emporter. On avait fait des signes aux autres pilotes, aux autres pêcheurs ; toutes les voiles en vue s'étaient rassemblées autour de la trouvaille.

— Et j'en connais plus d'un qui était soûl, en rentrant le soir à Pors-Even.

Toujours le vent continuait son bruit affreux. En bas, les enfants dansaient des rondes ; il y en avait bien quelques-uns de couchés — des tout petits Gaos, ceux-ci — mais les autres faisaient le diable, menés par le petit Frantec[1] et le petit

1. En français : François.

Laumec[1], voulant absolument aller sauter dehors, et, à toute minute, ouvrant la porte à des rafales furieuses qui soufflaient les chandelles.

Lui, le cousin pilote, finissait l'histoire de son vin ; pour son compte, il en avait eu quarante bouteilles ; il priait bien qu'on n'en parlât pas, à cause de M. le commissaire de l'inscription maritime, qui aurait pu lui chercher une affaire pour cette épave non déclarée.

— Mais voilà, disait-il, il aurait fallu les soigner, ces bouteilles ; si on avait pu les tirer au clair, ça serait devenu tout à fait du vin supérieur ; car, certes, il y avait dedans beaucoup plus de jus de raisin que dans toutes les caves des débitants de Paimpol.

Qui sait où il avait poussé, ce vin de naufrage ? Il était fort, haut en couleur, très mêlé d'eau de mer, et gardait le goût âcre du sel. Il fut néanmoins trouvé très bon, et plusieurs bouteilles se vidèrent.

Les têtes tournaient un peu ; le son des voix devenait plus confus et les garçons embrassaient les filles.

Les chansons continuaient gaîment ; cependant on n'avait guère l'esprit tranquille à ce souper, et les hommes échangeaient des signes d'inquiétude à cause du mauvais temps qui augmentait toujours.

Dehors le bruit sinistre allait son train, pis que jamais. Cela devenait comme un seul cri, continu, renflé, menaçant, poussé à la fois, à plein gosier, à cou tendu, par des milliers de bêtes enragées.

On croyait aussi entendre de gros canons de marine tirer dans le lointain leurs formidables coups sourds : et cela, c'était la mer qui battait

1. En français : Guillaume.

de partout le pays de Ploubazlanec — non, elle
ne paraissait pas contente, en effet, et Gaud se
sentait le cœur serré par cette musique d'épouvante, que personne n'avait commandée pour
leur fête de noces.

Sur les minuit, pendant une accalmie, Yann,
qui s'était levé doucement, fit signe à sa femme
de venir lui parler.

C'était pour s'en aller chez eux... Elle rougit,
prise d'une pudeur, confuse de s'être levée...
Puis elle dit que ce serait impoli, s'en aller tout
de suite, laisser les autres.

— Non, répondit Yann, c'est le père qui l'a
permis ; nous pouvons.

Et il l'entraîna.

Ils se sauvèrent furtivement.

Dehors ils se trouvèrent dans le froid, dans le
vent sinistre, dans la nuit profonde et tourmentée. Ils se mirent à courir, en se tenant par
la main. Du haut de ce chemin de falaise, on
devinait sans les voir les lointains de la mer
furieuse, d'où montait tout ce bruit. Ils couraient tous deux, cinglés en plein visage, le
corps penché en avant, contre les rafales, obli-
gés quelquefois de se retourner, la main devant
la bouche, pour reprendre leur respiration que
ce vent avait coupée.

D'abord, il l'enlevait presque par la taille,
pour l'empêcher de traîner sa robe, de mettre
ses beaux souliers dans toute cette eau qui ruisselait par terre ; et puis la prit à son cou tout à
fait, et continua de courir encore plus vite...
Non, il ne croyait pas tant l'aimer ! Et dire
qu'elle avait vingt-trois ans ; lui bientôt vingt-
huit ; que, depuis deux ans au moins, ils
auraient pu être mariés, et heureux comme ce
soir.

Enfin ils arrivèrent chez eux, dans leur
pauvre petit logis au sol humide, sous leur toit

de paille et de mousse ; et ils allumèrent une chandelle que le vent leur souffla deux fois.

La vieille grand-mère Moan, qu'on avait reconduite chez elle avant de commencer les chansons, était là, couchée depuis deux heures dans son lit en armoire dont elle avait refermé les battants ; ils s'approchèrent avec respect et la regardèrent par les découpures de sa porte afin de lui dire bonsoir si par hasard elle ne dormait pas encore. Mais ils virent que sa figure vénérable demeurait immobile et ses yeux fermés ; elle était endormie ou feignait de l'être pour ne pas les troubler.

Alors ils se sentirent seuls l'un à l'autre.

Ils tremblaient tous deux, en se tenant les mains. Lui se pencha d'abord vers elle pour embrasser sa bouche : mais Gaud détourna les lèvres par ignorance de ce baiser-là, et, aussi chastement que le soir de leurs fiançailles, les appuya au milieu de la joue d'Yann, qui était froidie par le vent, tout à fait glacée.

Bien pauvre, bien basse, leur chaumière, et il y faisait très froid. Ah ! si Gaud était restée riche comme anciennement, quelle joie elle aurait eue à arranger une jolie chambre, non pas comme celle-ci sur la terre nue... Elle n'était guère habituée encore à ces murs de granit brut, à cet air rude qu'avaient les choses ; mais son Yann était avec elle ; alors, par sa présence, tout était changé, transfiguré et elle ne voyait plus que lui...

Maintenant leurs lèvres s'étaient rencontrées, et elle ne détournait plus les siennes. Toujours debout, les bras noués pour se serrer l'un à l'autre, ils restaient là muets, dans l'extase d'un baiser qui ne finissait plus. Ils mêlaient leurs respirations un peu haletantes, et ils trem- blaient tous deux plus fort, comme dans une ardente fièvre. Ils semblaient être sans force

pour rompre leur étreinte, et ne connaître rien
de plus, ne désirer rien au-delà de ce long baiser.

Elle se dégagea enfin, troublée tout à coup :

— Non, Yann !... grand-mère Yvonne pourrait nous voir !

Mais lui, avec un sourire, chercha les lèvres
de sa femme encore et les reprit bien vite entre
les siennes, comme un altéré à qui on a enlevé
sa coupe d'eau fraîche.

Le mouvement qu'ils avaient fait venait de
rompre le charme de l'hésitation délicieuse.
Yann, qui, aux premiers instants, se serais mis
à genoux comme devant la Vierge sainte, se
sentit redevenir sauvage ; il regarda furtivement
du côté des vieux lits en armoire, ennuyé d'être
aussi près de cette grand-mère, cherchant un
moyen sûr pour ne plus être vu ; toujours sans
quitter les lèvres exquises, il allongea le bras
derrière lui, et, du revers de la main, éteignit la
lumière comme avait fait le vent.

Alors, brusquement, il l'enleva dans ses bras ;
avec sa manière de la tenir, la bouche toujours
appuyée sur la sienne, il était comme un fauve
qui aurait planté ses dents dans une proie. Elle
abandonnait son corps, à cet enlèvement qui
était impérieux et sans résistance possible, tout
en restant doux comme une longue caresse
enveloppante : il l'emportait dans l'obscurité
vers le beau lit blanc *à la mode des villes* qui
devait être leur lit nuptial...

Autour d'eux, pour leur premier coucher de
mariage, le même invisible orchestre jouait toujours.

Houhou !... houhou !... Le vent tantôt donnait
en plein son bruit caverneux avec un tremblement de rage ; tantôt répétait sa menace plus
bas à l'oreille, comme par un raffinement de
malice, avec des petits sons filés, en prenant la
voix flûtée d'une chouette.

Et la grande tombe des marins était tout près, mouvante, dévorante, battant les falaises de ses mêmes coups sourds. Une nuit ou l'autre, il faudrait être pris là-dedans, s'y débattre, au milieu de la frénésie des choses noires et glacées — ils le savaient...

Qu'importe ! pour le moment, ils étaient à terre, à l'abri de toute cette fureur inutile et retournée contre elle-même. Alors, dans le logis pauvre et sombre où passait le vent, ils se donnèrent l'un à l'autre, sans souci de rien ni de la mort, enivrés, leurrés délicieusement par l'éternelle magie de l'amour...

Ils furent mari et femme pendant six jours.

En ce moment de départ, les choses d'Islande occupaient tout le monde. Des femmes de peine empilaient le sel pour la saumure dans les soutes des navires ; les hommes disposaient les gréements et, chez Yann, la mère, les sœurs travaillaient du matin au soir à préparer les *suroîts*, les *cirages*, tout le trousseau de campagne. Le temps était sombre, et la mer, qui sentait l'équinoxe venir, était remuante et troublée.

Gaud subissait ces préparatifs inexorables avec angoisse, comptant les heures rapides des journées, attendant le soir où, le travail fini, elle avait son Yann pour elle seule.

Est-ce que, les autres années, il partirait aussi ? Elle espérait bien qu'elle saurait le retenir, mais elle n'osait pas, dès maintenant, lui en parler... Pourtant il l'aimait bien, lui aussi ; avec ses maîtresses d'avant, jamais il n'avait connu rien de pareil ; non, ceci était différent ; c'était une tendresse si confiante et si fraîche, que les mêmes baisers, les mêmes étreintes, avec elle étaient *autre chose* ; et, chaque nuit, leurs deux ivresses d'amour allaient s'augmentant l'une par l'autre, sans jamais s'assouvir quand le matin venait.

Ce qui la charmait comme une surprise, c'était de le trouver si doux, si enfant, ce Yann qu'elle avait vu quelquefois à Paimpol faire son grand dédaigneux avec des filles amoureuses. Avec elle, au contraire, il avait toujours cette même courtoisie qui semblait toute naturelle chez lui, et elle adorait ce bon sourire qu'il lui faisait, dès que leurs yeux se rencontraient. C'est que, chez ces simples, il y a le sentiment, le respect inné de la majesté de *l'épouse* ; un abîme la sépare de l'amante, chose de plaisir, à qui, dans un sourire de dédain, on a l'air ensuite de rejeter les baisers de la nuit. Gaud était l'épouse, elle, et, dans le jour, il ne se souvenait plus de leurs caresses, qui semblaient ne pas compter tant ils étaient une même chair tous deux et pour toute la vie.

... Inquiète, elle l'était beaucoup dans son bonheur, qui lui semblait quelque chose de trop inespéré, d'instable comme les rêves...

D'abord, est-ce que ce serait bien durable, chez Yann, cet amour ?... Parfois elle se souvenait de ses maîtresses, de ses emportements, de ses aventures, et alors elle avait peur : lui garderait-il toujours cette tendresse infinie, avec ce respect si doux ?...

Vraiment, six jours de mariage, pour un amour comme le leur, ce n'était rien ; rien qu'un petit acompte enfiévré pris sur le temps de l'existence — qui pouvait encore être si long devant eux ! A peine avaient-ils pu se parler, se voir, comprendre qu'ils s'appartenaient. — Et tous leurs projets de vie ensemble, de joie tranquille, d'arrangement de ménage, avaient été forcément remis au retour...

Oh ! les autres années, à tout prix l'empêcher de repartir pour cette Islande !... Mais comment s'y prendre ? Et que feraient-ils alors pour vivre, étant si peu riches l'un et l'autre ?... Et puis il aimait tant son métier de mer...

Elle essayerait malgré tout, les autres fois, de le retenir ; elle y mettrait toute sa volonté, toute son intelligence et tout son cœur. Être femme d'Islandais, voir approcher tous les printemps avec tristesse, passer tous les étés dans l'anxiété douloureuse ; non, à présent qu'elle l'adorait au-delà de ce qu'elle eût imaginé jamais, elle se sentait prise d'une épouvante trop grande en songeant à ces années à venir...

Ils eurent une journée de printemps, une seule. C'était la veille de l'appareillage, on avait fini de mettre le gréement en ordre à bord, et Yann resta tout le jour avec elle. Ils se promenèrent bras dessus bras dessous dans les chemins, comme font les amoureux, très près l'un de l'autre et se disant mille choses. Les bonnes gens en souriant les regardaient passer :

— C'est Gaud, avec le grand Yann de Pors-Even... Des mariés d'hier !

Un vrai printemps, ce dernier jour, c'était particulier et étrange de voir tout à coup ce grand calme, et plus un seul nuage dans ce ciel habituellement tourmenté. Le vent ne soufflait de nulle part. La mer s'était faite très douce ; elle était partout du même bleu pâle, et restait tranquille. Le soleil brillait d'un grand éclat blanc., et le rude pays breton s'imprégnait de cette lumière comme d'une chose fine et rare ; il semblait s'égayer et revivre jusque dans ses plus profonds lointains. L'air avait repris une tiédeur délicieuse sentant l'été, et on eût dit qu'il s'était immobilisé à jamais, qu'il ne pouvait plus y avoir de jours sombres ni de tempêtes. Les caps, les baies, sur lesquels ne passaient plus les ombres changeantes des nuages, dessinaient au soleil leurs grandes lignes immuables ; ils paraissaient se reposer, eux aussi, dans des tranquillités ne devant pas finir... Tout cela comme pour rendre plus douce et éternelle leur fête d'amour — et on voyait déjà des fleurs hâtives, des primevères le long des fossés, ou des violettes, frêles et sans parfum.

Quand Gaud demandait :

— Combien de temps m'aimeras-tu, Yann ?

Lui, répondait, étonné, en la regardant bien en face avec ses beaux yeux francs :

— Mais, Gaud, toujours...

Et ce mot, dit très simplement par ses lèvres un peu sauvages, semblait avoir là son vrai sens d'éternité.

Elle s'appuyait à son bras. Dans l'enchantement du rêve accompli, elle se serrait contre lui, inquiète toujours — le sentant fugitif comme un grand oiseau de mer... Demain, l'envolée au large !... Et cette première fois il était trop tard, elle ne pouvait rien pour l'empêcher de partir...

De ces chemins de falaise où ils se promenaient, on dominait tout ce pays marin, qui paraissait être sans arbres, tapissé d'ajoncs ras et semé de pierres. Les maisons des pêcheurs étaient posées çà et là sur les rochers avec leurs vieux murs de granit, leurs toits de chaume, très hauts et bossus, verdis par la pousse nouvelle des mousses ; et, dans l'extrême éloignement, la mer, comme une grande vision diaphane, décrivait son cercle immense et éternel qui avait l'air de tout envelopper.

Elle s'amusait à lui raconter les choses étonnantes et merveilleuses de ce Paris, où elle avait habité ; mais lui, très dédaigneux, ne s'y intéressait pas.

— Si loin de la côte, disait-il, en tant de terres, tant de terres... ça doit être malsain. Tant de maisons, tant de monde... Il doit y avoir des mauvaises maladies, dans ces villes ; non, je ne voudrais pas vive là-dedans, moi, bien sûr.

Et elle souriait, s'étonnant de voir combien ce grand garçon était un enfant naïf.

Quelquefois ils s'enfonçaient dans ces replis du sol où poussent de vrais arbres qui ont l'air de s'y tenir blottis contre le vent du large. Là, il n'y avait plus de vue ; par terre, des feuilles mortes amoncelées et de l'humidité froide, le chemin creux, bordé d'ajoncs verts, devenait sombre sous les branchages, puis se resserrait entre les murs de quelque hameau noir et solitaire, croulant de vieillesse, qui dormaient dans ce bas-fond ; et toujours quelque crucifix se dressait bien haut devant eux, parmi les branches mortes, avec son grand Christ de bois rongé comme un cadavre, grimaçant sa douleur sans fin.

Ensuite le sentier remontait, et, de nouveau, ils dominaient les horizons immenses, ils retrouvaient l'air vivifiant des hauteurs et de la mer.

Lui, à son tour, racontait l'Islande, des étés pâles et sans nuit, les soleils obliques qui ne se couchent jamais. Gaud ne comprenait pas bien et se faisait expliquer.

— Le soleil fait tout le tour, tout le tour, disait-il en promenant son bras étendu sur le cercle lointain des eaux bleues. Il reste toujours bien bas, parce que, vois-tu, il n'a pas du tout de forces pour monter ; à minuit, il traîne un peu son bord dans la mer, mais tout de suite il se relève et il continue de faire sa promenade ronde. Des fois, la lune aussi paraît à l'autre bout du ciel ; alors ils travaillent tous deux, chacun de son bord, et on ne les connaît pas trop l'un de l'autre, car ils se ressemblent beaucoup dans ce pays.

Voir le soleil à minuit !... Comme ça devait être loin, cette île d'Islande. Et les fiords ? Gaud avait lu ce mot inscrit plusieurs fois parmi les noms des morts dans la chapelle des naufragés ; il lui faisait l'effet de désigner une chose sinistre.

— Les fiords, répondait Yann — des grandes baies, comme ici celle de Paimpol par exemple ; seulement il y a autour des montagnes si hautes, si hautes, qu'on ne voit jamais où elles finissent, à cause des nuages qui sont dessus. Un triste pays, va, Gaud, je t'assure. Des pierres, des pierres, rien que des pierres, et les gens de l'île ne connaissent point ce que c'est que les arbres. A la mi-août, quand notre pêche est finie, il est grand temps de repartir, car alors les nuits commencent, et elles allongent très vite ; le soleil tombe au-dessous de la terre sans pouvoir se relever, et il fait nuit chez eux, là-bas, pendant tout l'hiver.

« Et puis, disait-il, il y a aussi un petit cimetière, sur la côte, dans un fiord, tout comme chez nous, pour ceux du pays de Paimpol qui sont morts pendant les saisons de pêche, ou qui sont disparus en mer ; c'est en terre bénite aussi bien qu'à Pors-Even, et les défunts ont des croix en bois toutes pareilles à celles d'ici, avec leurs noms écrits dessus. Les deux Goazdiou, de Ploubazlanec, sont là, et aussi Guillaume Moan, le grand-père de Sylvestre. »

Et elle croyait le voir, ce petit cimetière au pied des caps désolés, sous la pâle lumière rose de ces jours ne finissant pas. Ensuite, elle songeait à ces mêmes morts sous la glace et sous le suaire noir de ces nuits longues comme les hivers.

— Tout le temps, tout le temps pêcher ? demandait-elle, sans se reposer jamais ?

— Tout le temps. Et puis il y a la manœuvre à faire, car la mer n'est pas toujours belle par là. Dame ! on est fatigué le soir, ça donne appétit pour souper et, des jours, l'on dévore.

— Et on ne s'ennuie jamais ?

— Jamais ! dit-il, avec un air de conviction qui lui fit mal ; à bord, au large, moi, le temps ne me dure pas, jamais !

Elle baissa la tête, se sentant plus triste, plus vaincue par la mer.

CINQUIÈME PARTIE

... A la fin de cette journée de printemps qu'ils avaient eue, la nuit tombante ramena le sentiment de l'hiver et ils rentrèrent dîner devant leur feu, qui était une flambée de branchages.

Leur dernier repas ensemble !... Mais ils avaient encore toute une nuit à dormir entre les bras l'un de l'autre, et cette attente les empêchait d'être déjà tristes.

Après dîner, ils retrouvèrent encore un peu l'impression douce du printemps, quand ils furent dehors sur la route de Pors-Even : l'air était tranquille, presque tiède, et un reste de crépuscule s'attardait à traîner sur la campagne.

Ils allèrent faire visite à leurs parents, pour les adieux de Yann, et revinrent de bonne heure se coucher, ayant le projet de se lever tous deux au petit jour.

Le quai de Paimpol, le lendemain matin, était plein de monde. Les départs d'Islandais avaient commencé depuis l'avant-veille et, à chaque marée, un groupe nouveau prenait le large. Ce matin-là, quinze bateaux devaient sortir avec la *Léopoldine*, et les femmes de ces marins, ou les mères, étaient toutes présentes pour l'appareillage. — Gaud s'étonnait de se trouver mêlée à elles, devenue une femme d'Islandais elle aussi, et amenée là pour la même cause fatale. Sa destinée venait de se précipiter tellement en quelques jours, qu'elle avait à peine eu le temps de se bien représenter la réalité des choses ; en glissant sur une pente irrésistiblement rapide, elle était arrivée à ce dénouement-là, qui était inexorable, et qu'il fallait subir à présent — comme faisaient les autres, les habituées.

Elle n'avait jamais assisté de près à ces scènes, à ces adieux. Tout cela était nouveau et inconnu. Parmi ces femmes, elle n'avait point de pareille et se sentait isolée, différente ; son passé de *demoiselle*, qui subsistait malgré tout, la mettait à part.

Le temps était resté beau sur ce jour des séparations ; au large seulement une grosse houle lourde arrivait de l'ouest, annonçant du vent, et de loin on voyait la mer, qui attendait tout ce monde, briser dehors.

... Autour de Gaud, il y en avait d'autres qui étaient, comme elle, bien jolies et bien touchantes avec leurs yeux pleins de larmes ; il y en avait aussi de distraites et de rieuses, qui n'avaient pas de cœur ou qui pour le moment n'aimaient personne. Des vieilles, qui se sentaient menacées par la mort, pleuraient en quittant leurs fils ; des amants s'embrassaient longuement sur les lèvres, et on entendait des matelots gris chanter pour s'égayer, tandis que d'autres montaient à leur bord d'un air sombre, s'en allant comme à un calvaire.

Et il se passait des choses sauvages : des malheureux qui avaient signé leur engagement par surprise, quelque jour dans un cabaret, et qu'on embarquait par force à présent ; leurs propres femmes et des gendarmes les poussaient. D'autres enfin, dont on redoutait la résistance à cause de leur grande force, avaient été enivrés par précaution ; on les apportait sur des civières et, au fond des cales des navires, on les descendait comme des morts.

Gaud s'épouvantait de les voir passer : avec quels compagnons allait-il donc vivre, son Yann ? et puis quelle chose terrible était-ce donc, ce métier d'Islande, pour s'annoncer de cette manière et inspirer à des hommes de telles frayeurs ?...

Pourtant il y avait aussi des marins qui souriaient ; qui sans doute aimaient comme Yann la vie au large et la grande pêche. C'étaient les bons, ceux-là ; ils avaient la mine noble et belle ; s'ils étaient garçons, ils s'en allaient insouciants, jetant un dernier coup d'œil sur les filles ; s'ils étaient mariés, ils embrassaient leurs femmes ou leurs petits avec une tristesse douce et le bon espoir de revenir plus riches. Gaud se sentit un peu rassurée en voyant qu'ils étaient tous ainsi à bord de cette *Léopoldine*, qui avait vraiment un équipage de choix.

Les navires sortaient deux par deux, quatre par quatre, traînés dehors par des remorqueurs. Et alors, dès qu'ils s'ébranlaient, les matelots, découvrant leur tête, entonnaient à pleine voix le cantique de la Vierge : « Salut, Étoile-de-la-mer ! » Sur le quai, des mains de femmes s'agitaient en l'air pour de derniers adieux, et des larmes coulaient sur les mousselines des coiffes.

Dès que la *Léopoldine* fut partie, Gaud s'achemina d'un pas rapide vers la maison des Gaos. Une heure et demie de marche le long de la côte, par les sentiers familiers de Ploubazlanec, et elle arriva là-bas, tout au bout des terres, dans sa famille nouvelle.

La *Léopoldine* devait mouiller en grande rade devant ce Pors-Even, et n'appareiller définitivement que le soir ; c'était donc là qu'ils s'étaient donné un dernier rendez-vous. En effet, il revint, dans la yole de son navire ; il revint pour trois heures lui faire ses adieux.

A terre, où l'on ne sentait point la houle, c'était toujours le même beau temps printanier, le même ciel tranquille. Ils sortirent un moment sur la route, en se donnant le bras ; cela rappelait leur promenade d'hier, seulement la nuit ne devait plus les réunir. Ils marchaient sans but, en rebroussant vers Paimpol, et bientôt se trouvèrent près de leur maison, ramenés là insensiblement sans y avoir pensé ; ils entrèrent donc encore une dernière fois chez eux, où la grand-mère Yvonne fut saisie de les voir reparaître ensemble.

Yann faisait des recommandations à Gaud pour différentes petites choses qu'il laissait dans leur armoire ; surtout pour ses beaux habits de noce : les déplier de temps en temps et les mettre au soleil. — A bord des navires de guerre les matelots apprennent ces soins-là. — Et Gaud souriait de le voir faire son entendu ; il pouvait être bien sûr pourtant que tout ce qui était à lui serait conservé et soigné avec amour.

D'ailleurs, ces préoccupations étaient secondaires pour eux ; ils en causaient pour causer, pour se donner le change à eux-mêmes...

Yann raconta qu'à bord de la *Léopoldine*, on venait de tirer au sort les postes de pêche et que, lui, était très content d'avoir gagné l'un des meilleurs. Elle se fit expliquer cela encore, ne sachant presque rien des choses d'Islande :

— Vois-tu, Gaud, dit-il, sur le *plat-bord* de nos navires, il y a des trous qui sont percés à certaines places et que nous appelons *trous de mecques* ; c'est pour y planter des petits supports à rouet dans lesquels nous passons nos lignes. Donc, avant de partir, nous jouons ces trous-là aux dés, ou bien avec des numéros brassés dans le bonnet du mousse. Chacun de nous gagne le sien et, pendant toute la campagne après, l'on n'a plus le droit de planter sa ligne ailleurs, l'on ne change plus. Eh bien, mon poste, à moi, se trouve sur l'arrière du bateau qui est, comme tu dois savoir, l'endroit où l'on prend le plus de poissons ; et puis il touche aux grands haubans où l'on peut toujours attacher un bout de toile, un *cirage*, enfin un petit abri quelconque, pour la figure, contre toutes ces neiges ou ces grêles de là-bas ; cela sert, tu comprends ; on n'a pas la peau si brûlée, pendant les mauvais grains noirs, et les yeux voient plus longtemps clair.

... Ils se parlaient bas, bas, comme par crainte d'effaroucher les instants qui leur restaient, de faire fuir le temps plus vite. Leur causerie avait le caractère à part de tout ce qui va inexorablement finir ; les plus insignifiantes petites choses qu'ils se disaient semblaient devenir ce jour-là mystérieuses et suprêmes...

A la dernière minute du départ, Yann enleva sa

femme entre ses bras et ils se serrèrent l'un
contre l'autre sans plus rien se dire, dans une
longue étreinte silencieuse.

Il s'embarqua, les voiles grises se déployèrent
pour se tendre à un vent léger qui se levait dans
l'ouest. Lui, qu'elle reconnaissait encore, agita
son bonnet d'une manière convenue. Et longtemps elle regarda, en silhouette sur la mer,
s'éloigner son Yann. — C'était lui encore, cette
petite forme humaine debout, noire sur le bleu
cendré des eaux — et déjà vague, perdue dans cet
éloignement où les yeux qui persistent à fixer se
troublent et ne voient plus...

... A mesure que s'en allait cette *Léopoldine*,
Gaud, comme attirée par un aimant, suivait à
pied le long des falaises.

Il lui fallut s'arrêter bientôt, parce que la terre
était finie ; alors elle s'assit, au pied d'une dernière grande croix, qui est là plantée parmi les
ajoncs et les pierres. Comme c'était un point
élevé, la mer vue de là semblait avoir des lointains qui montaient, et on eût dit que cette *Léopoldine*, en s'éloignant, s'élevait peu à peu, toute
petite sur les pentes de ce cercle immense. Les
eaux avaient de grandes ondulations lentes —
comme les derniers contre-coups de quelque
tourmente formidable qui se serait passée ailleurs, derrière l'horizon ; mais dans le champ
profond de la vue, où Yann était encore, tout
demeurait paisible.

Gaud regardait toujours, cherchant à bien fixer
dans sa mémoire la physionomie de ce navire, sa
silhouette de voilure et de carène, afin de le
reconnaître de loin, quand elle reviendrait, à
cette même place, l'attendre.

Des levées énormes de houle continuaient
d'arriver de l'ouest, régulièrement l'une après
l'autre, sans arrêt, sans trêve, renouvelant leur
effort inutile, se brisant sur les mêmes rochers,

déferlant aux mêmes places pour inonder les mêmes grèves. Et à la longue, c'était étrange, cette agitation sourde des eaux avec cette sérénité de l'air et du ciel ; c'était comme si le lit des mers, trop rempli, voulait déborder et envahir les plages.

Cependant la *Léopoldine* se faisait de plus en plus diminuée, lointaine, perdue. Des courants sans doute l'entraînaient, car les brises de cette soirée étaient faibles et pourtant elle s'éloignait vite. Devenue une petite tache grise, presque un point, elle allait bientôt atteindre l'extrême bord du cercle des choses visibles et entrer dans ces au-delà infinis où l'obscurité commençait à venir.

Quand il fut sept heures du soir, la nuit tombée, le bateau disparu. Gaud rentra chez elle, en somme assez courageuse, malgré les larmes qui lui venaient toujours. Quelle différence, en effet, et quel vide plus sombre s'il était parti encore comme les deux autres années, sans même un adieu ! Tandis qu'à présent tout était changé, adouci ; il était tellement à elle son Yann, elle se sentait si aimée malgré ce départ, qu'en s'en revenant toute seule au logis, elle avait au moins la consolation et l'attente délicieuse de cet *au revoir* qu'ils s'étaient dit pour l'automne.

3

L'été passa, triste, chaud, tranquille. Elle,
guettant les premières feuilles jaunies, les premiers rassemblements d'hirondelles, la pousse
des chrysanthèmes.

Par les paquebots de Reykjavik et par les
chasseurs, elle lui écrit plusieurs fois ; mais on
ne sait jamais bien si ces lettres arrivent.

A la fin de juillet, elle en reçut une de lui. Il
l'informait qu'il était en bonne santé à la date
du 10 courant, que la saison de la pêche
s'annonçait excellente et qu'il avait déjà quinze
cents poissons pour sa part. D'un bout à l'autre,
c'était dit dans le style naïf et calqué sur le
modèle uniforme de toutes les lettres de ces
Islandais à leur famille. Les hommes élevés
comme Yann ignorent absolument la manière
d'écrire les mille choses qu'ils pensent, qu'ils
sentent ou qu'ils rêvent. Étant plus cultivée que
lui, elle sut donc faire la part de cela et lire
entre les lignes la tendresse profonde qui n'était
pas exprimée. A plusieurs reprises dans le courant de ses quatre pages, il lui donnait le nom
d'épouse, comme trouvant plaisir à le répéter.
Et d'ailleurs, l'adresse seule : *A Madame Mar-*

guerite Gaos, maison Moan, en Ploubazlanec, était déjà une chose qu'elle relisait avec joie. Elle avait encore eu si peu le temps d'être appelée : *Madame Marguerite Gaos !...*

Elle travailla beaucoup pendant ces mois d'été.

Les Paimpolaises, qui d'abord s'étaient méfiées de son talent d'ouvrière improvisée, disant qu'elle avait de trop belles mains de demoiselle, avaient vu, au contraire, qu'elle excellait à leur faire des robes qui avantageaient la tournure ; alors elle était devenue presque une couturière en renom.

Ce qu'elle gagnait passait à embellir le logis — pour son retour. L'armoire, les vieux lits à étagères, étaient réparés, cirés, avec des ferrures luisantes ; elle avait arrangé leur lucarne sur la mer avec une vitre et des rideaux ; acheté une couverture neuve pour l'hiver, une table et des chaises.

Tout cela, sans toucher à l'argent que son Yann lui avait laissé en partant et qu'elle gardait intact, dans une petite boîte chinoise, pour le lui montrer à son arrivée.

Pendant les veillées d'été, aux dernières clartés des jours, assise devant la porte avec la grand-mère Yvonne, dont la tête et les idées allaient sensiblement mieux pendant les chaleurs, elle tricotait pour Yann un beau maillot de pêcheur en laine bleue ; il y avait, aux bordures du col et des manches, des merveilles de points compliqués et ajourés ; la grand-mère Yvonne, qui avait été jadis une habile tricoteuse, s'était rappelé peu à peu ces procédés de sa jeunesse pour les lui enseigner. Et c'était un ouvrage qui avait pris beaucoup de laine car il fallait un maillot très grand pour Yann.

Cependant, le soir surtout, on commençait à avoir conscience de l'accourcissement des jours ; certaines plantes, qui avaient donné toute leur pousse en juillet, prenaient déjà un air jaune, mourant, et les scabieuses violettes refleurissaient au bord des chemins, plus petites sur de plus longues tiges ; enfin les derniers jours d'août arrivèrent, et un premier navire islandais apparut un soir, à la pointe de Pors-Even. La fête du retour était commencée.

On se porta en masse sur la falaise pour le recevoir ;

— Lequel était-ce ?

C'était le *Samuel-Azénide* ; — toujours en avance celui-là.

— Pour sûr, disait le vieux père d'Yann, la *Léopoldine* ne va pas tarder ; là-bas, je connais ça, quand un commence à partir, les autres ne tiennent plus en place.

5

Ils revenaient, les Islandais. Deux la seconde journée, quatre le surlendemain, et puis douze la semaine suivante. Et, dans le pays, la joie revenait avec eux, et c'était fête chez les épouses, chez les mères : fête aussi dans les cabarets, où les belles filles paimpolaises servent à boire aux pêcheurs.

La *Léopoldine* restait du groupe des retardataires ; il en manquait encore dix. Cela ne pouvait tarder, et Gaud à l'idée que, dans un délai extrême de huit jours qu'elle se donnait pour ne pas avoir de déception, Yann serait là, Gaud était dans une délicieuse ivresse d'attente, tenant le ménage bien en ordre, bien propre et bien net, pour le recevoir.

Tout rangé, il ne lui restait rien à faire, et d'ailleurs elle commençait à n'avoir plus la tête à grand-chose dans son impatience.

Trois des retardataires arrivèrent encore, et puis cinq. Deux seulement manquaient toujours à l'appel.

— Allons, lui disait-on en riant, cette année c'est la *Léopoldine* ou la *Marie-Jeanne* qui *ramasseront les balais* du retour.

Et Gaud se mettait à rire, elle aussi, plus animée et plus jolie, dans sa joie de l'attendre.

Cependant les jours passaient.

Elle continuait de se mettre en toilette, de prendre un air gai, d'aller sur le port causer avec les autres. Elle disait que c'était tout naturel, ce retard. Est-ce que cela ne se voyait pas chaque année ? Oh ! d'abord, de si bons marins, et deux si bons bateaux !

Ensuite, rentrée chez elle, il lui venait le soir de premiers petits frissons d'anxiété, d'angoisse.

Est-ce que vraiment c'était possible, qu'elle eût peur, si tôt ?... Est-ce qu'il y avait de quoi ?...

Et elle s'effrayait, d'avoir déjà peur...

Le 10 du mois de septembre !... Comme les jours s'enfuyaient !

Un matin où il y avait déjà une brume froide sur la terre, un vrai matin d'automne, le soleil levant la trouva assise de très bonne heure sous le porche de la chapelle des naufragés, au lieu où vont prier les veuves — assise, les yeux fixes, les tempes serrées comme dans un anneau de fer.

Depuis deux jours, ces brumes tristes de l'aube avaient commencé, et ce matin-là Gaud s'était réveillée avec une inquiétude plus poignante, à cause de cette impression d'hiver... Qu'avait donc cette journée, cette heure, cette minute, de plus que les précédentes ?... On voit très bien des bateaux retardés de quinze jours, même d'un mois.

Ce matin-là avait bien quelque chose de particulier, sans doute, puisqu'elle était venue pour la première fois s'asseoir sous ce porche de chapelle, et relire les noms des jeunes hommes morts.

En mémoire de
GAOS, Yvon, perdu en mer
aux environs de Norden-Fiord...

Comme un grand frisson, on entendit une rafale de vent se lever de la mer, et en même temps, sur la voûte, quelque chose s'abattre comme une pluie : les feuilles mortes !... Il en entra toute une volée sous ce porche ; les vieux arbres ébouriffés du préau se dépouillaient, secoués par ce vent du large. — L'hiver qui venait !...

... perdu en mer
aux environs de Norden-Fiord,
dans l'ouragan du 4 au 5 août 1880.

Elle lisait machinalement, et par l'ogive de la porte, ses yeux cherchaient au loin la mer : ce matin-là, elle était très vague, sous la brume grise, et une panne suspendue traînait sur les lointains comme un grand rideau de deuil.

Encore une rafale, et des feuilles mortes qui entraient en dansant. Une rafale plus forte, comme si ce vent d'ouest, qui avait jadis semé ces morts sur la mer, voulait encore tourmenter jusqu'à ces inscriptions qui rappelaient leurs noms aux vivants.

Gaud regardait, avec une persistance involontaire, une place vide, sur le mur, qui semblait attendre ; avec une obsession terrible, elle était poursuivie par l'idée d'une plaque neuve qu'il faudrait peut-être mettre là, bientôt, avec un autre nom que, même en esprit, elle n'osait pas redire dans un pareil lieu.

Elle avait froid, et restait assise sur le banc de granit, la tête renversée contre la pierre.

... perdu aux environs de Norden-Fiord,
dans l'ouragan du 4 au 5 août 1880
à l'âge de 23 ans...
Qu'il repose en paix !

L'Islande lui apparaissait, avec le petit cimetière de là-bas — l'Islande lointaine, lointaine,
éclairée par en dessous au soleil de minuit... Et
tout à coup — toujours à cette même place vide
du mur qui semblait attendre — elle eut, avec
une netteté horrible, la vision de cette plaque
neuve à laquelle elle songeait : une plaque
fraîche, une tête de mort, des os en croix et au
milieu, dans un flamboiement, un nom, le nom
adoré, *Yann Gaos !*... Alors elle se dressa tout
debout, en poussant un cri rauque de la gorge,
comme une folle...

Dehors, il y avait toujours sur la terre la brume
grise du matin ; et les feuilles mortes continuaient d'entrer en dansant.

Des pas dans le sentier ! — Quelqu'un venait ?
— Alors elle se leva, bien droite ; d'un tour de
main, rajusta sa coiffe, se composa une figure.
Les pas se rapprochaient, on allait entrer. Vite
elle prit un air d'être là par hasard, ne voulant
pas encore, pour rien au monde, ressembler à
une femme de naufragé.

Justement c'était Fante Floury, la femme du
second de la *Léopoldine*. Elle comprit tout de
suite, celle-ci, ce que Gaud faisait là ; inutile de
feindre avec elle. Et d'abord elles restèrent
muettes l'une devant l'autre, les deux femmes,
épouvantées davantage et s'en voulant de s'être
rencontrées dans un même sentiment de terreur,
presque haineuses.

— Tous ceux de Tréguier et de Saint-Brieuc
sont rentrés depuis huit jours, dit enfin Fante,
impitoyable, d'une voix sourde et comme irritée.

Elle apportait un cierge pour faire un vœu.

— Ah ! oui... un vœu... Gaud n'avait pas encore voulu y songer, à ce moyen des désolées... Mais elle entra dans la chapelle derrière Fante, sans rien dire, et elles s'agenouillèrent près l'une de l'autre comme deux sœurs.

A la Vierge Étoile-de-la-mer, elles dirent des prières ardentes, avec toute leur âme. Et puis bientôt on n'entendit plus qu'un bruit de sanglots, et leurs larmes pressées commencèrent à tomber sur la terre...

Elles se relevèrent plus douces, plus confiantes. Fante aida Gaud qui chancelait et, la prenant dans ses bras, l'embrassa.

Ayant essuyé leurs larmes, arrangé leurs cheveux, épousseté le salpêtre et la poussière des dalles sur leur jupon à l'endroit des genoux, elles s'en allèrent sans plus rien se dire, par des chemins différents.

8

Cette fin de septembre ressemblait à un autre été, un peu mélancolique seulement. Il faisait vraiment si beau cette année-là que, sans les feuilles mortes qui tombaient en pluie triste par les chemins, on eût dit le gai mois de juin. Les maris, les fiancés, les amants étaient revenus, et partout c'était la joie d'un second printemps d'amour...

Un jour enfin, l'un des deux navires retardataires d'Islande fut signalé au large. Lequel ?...

Vite, les groupes de femmes s'étaient formés, muets, anxieux, sur la falaise.

Gaud, tremblante et pâlie, était là, à côté du père de son Yann :

— Je crois fort, disait le vieux pêcheur, je crois fort que c'est eux ! Un liston rouge, un hunier à rouleau, ça leur ressemble joliment toujours ; qu'en dis-tu, Gaud ma fille ?

« Et pourtant non, reprit-il, avec un découragement soudain ; non, nous nous trompons encore, le bout-dehors n'est pas pareil et ils ont un foc d'artimon. Allons, pas eux pour cette fois, c'est la *Marie-Jeanne*. Oh ! mais bien sûr, ma fille, ils ne tarderont pas. »

Et chaque jour venait après chaque jour ; et

chaque nuit arrivait à son heure, avec une tranquillité inexorable.

Elle continuait de se mettre en toilette, un peu comme une insensée, toujours par peur de ressembler à une femme de naufragé, s'exaspérant quand les autres prenaient avec elle un air de compassion et de mystère, détournant les yeux pour ne pas croiser en route de ces regards qui la glaçaient.

Maintenant elle avait pris l'habitude d'aller dès le matin tout au bout des terres, sur la haute falaise de Pors-Even, passant par-derrière la maison paternelle de son Yann, pour n'être pas vue par la mère ni les petites sœurs. Elle s'en allait toute seule à l'extrême pointe de ce pays de Ploubazlanec qui se découpe en corne de renne sur la Manche grise, et s'asseyait là tout le jour au pied d'une croix isolée qui domine les lointains immenses des eaux...

Il y en a ainsi partout, de ces croix de granit, qui se dressent sur les falaises avancées de cette terre des marins, comme pour demander grâce : comme pour apaiser la grande chose mouvante, mystérieuse, qui attire les hommes et ne les rend plus, et garde de préférence les plus vaillants, les plus beaux.

Autour de cette croix de Pors-Éven, il y avait les landes éternellement vertes, tapissées d'ajoncs courts. Et, à cette hauteur, l'air de la mer était très pur, ayant à peine l'odeur salée des goémons, mais rempli des senteurs délicieuses de septembre.

On voyait se dessiner très loin, les unes par-dessus les autres, toutes les découpures de la côte, la terre de Bretagne finissait en pointes dentelées qui s'allongeaient sur le tranquille néant des eaux.

Au premier plan, des roches criblaient la mer ; mais au-delà, rien ne troublait plus son poli de miroir ; elle menait un tout petit bruit caressant, léger et immense, qui montait du fond de toutes les baies. Et c'étaient des lointains si calmes, des profondeurs si douces ! Le grand néant bleu, le tombeau des Gaos, gardait son mystère impénétrable, tandis que des brises, faibles comme des souffles, promenaient l'odeur des genêts ras qui avaient refleuri au dernier soleil d'automne.

A certaines heures régulières, la mer baissait, et des taches s'élargissaient partout, comme si lentement la Manche se vidait ; ensuite, avec la même lenteur, les eaux remontaient et continuaient leur va-et-vient éternel, sans aucun souci des morts.

Et Gaud, assise au pied de sa croix, restait là, au milieu de ces tranquillités, regardant toujours, jusqu'à la nuit tombée, jusqu'à ne plus rien voir.

Septembre venait de finir. Elle ne prenait plus aucune nourriture, elle ne dormait plus.

A présent, elle restait chez elle, et se tenait accroupie, les mains entre les genoux, la tête renversée et appuyée au mur derrière. A quoi bon se lever, à quoi bon se coucher ? Elle se jetait sur son lit sans retirer sa robe, quand elle était trop épuisée. Autrement elle demeurait là, toujours assise, transie ; ses dents claquaient de froid, dans cette immobilité ; toujours elle avait cette impression d'un cercle de fer lui serrant les tempes ; elle sentait ses joues qui se tiraient, sa bouche était sèche, avec un goût de fièvre, et à certaines heures elle poussait un gémissement rauque du gosier, répété par saccades, long-temps, longtemps, tandis que sa tête se frappait contre le granit du mur.

Ou bien elle l'appelait par son nom, très tendrement, à voix basse, comme s'il eût été tout près, et lui disait des mots d'amour.

Il lui arrivait de penser à d'autres choses qu'à lui, à de toutes petites choses insignifiantes ; de s'amuser par exemple à regarder l'ombre de la Vierge en faïence et du bénitier s'allonger lente-ment, à mesure que baissait la lumière, sur la haute boiserie de son lit. Et puis des rappels d'angoisse revenaient plus horribles, et elle recommençait son cri, en battant le mur de sa tête...

Et toutes les heures du jour passaient, l'une après l'autre, et toutes les heures du soir, et toutes celles de la nuit, et toutes celles du matin. Quand elle comptait depuis combien de temps il aurait dû revenir, une terreur plus grande la prenait ; elle ne voulait plus connaître ni les dates, ni les noms des jours.

Pour les naufrages d'Islande, on a des indications ordinairement ; ceux qui reviennent ont vu de loin le drame ; ou bien ils ont trouvé un débris, un cadavre, ils ont quelque indice pour tout deviner. Mais non, de la *Léopoldine* on n'avait rien vu, on ne savait rien. Ceux de la *Marie-Jeanne*, les derniers qui l'avaient aperçue le 2 août, disaient qu'elle avait dû s'en aller pêcher plus loin vers le nord, et après, cela devenait le mystère impénétrable.

Attendre, toujours attendre, sans rien savoir ! Quand viendrait le moment où vraiment elle n'attendait plus ? Elle ne le savait même pas, et à présent elle avait presque hâte que ce fût bientôt.

Oh ! s'il était mort, au moins qu'on eût la pitié de le lui dire !...

Oh ! le voir, tel qu'il était en ce moment même — lui ou ce qui restait de lui !... Si seulement la Vierge tant priée, ou quelque autre puissance comme elle, voulait lui faire la grâce, par une sorte de double, de le lui montrer, son Yann ! — lui vivant, manœuvrant pour rentrer — ou bien son corps roulé par la mer... pour être fixée au moins ! pour savoir !...

Quelquefois il lui venait tout à coup le sentiment d'une voile surgissant du bout de l'horizon : la *Léopoldine*, approchant, se hâtant d'arriver ! Alors elle faisait un premier mouvement irréfléchi pour se lever, pour courir regarder le large, voir si c'était vrai...

Elle retombait assise. Hélas ! où était-elle en ce moment, cette *Léopoldine* ? où pouvait-elle bien être ? Là-bas, sans doute, là-bas dans cet effroyable lointain de l'Islande, abandonnée, émiettée, perdue...

Et cela finissait par cette vision obsédante, toujours la même : une épave éventrée et vide, bercée sur une mer silencieuse d'un gris rose ; bercée lentement, lentement, sans bruit, avec une extrême douceur, par ironie, au milieu d'un grand calme d'eaux mortes.

10

Deux heures du matin.

C'était la nuit surtout qu'elle se tenait atten-
tive à tous les pas qui s'approchaient : à la
moindre rumeur, au moindre son inaccoutumé,
ses tempes vibraient ; à force d'être tendues aux
choses du dehors, elles étaient devenues affreusement douloureuses.

Deux heures du matin. Cette nuit-là comme
les autres, les mains jointes, et les yeux ouverts
dans l'obscurité, elle écoutait le vent faire sur la
lande son bruit éternel.

Des pas d'hommes tout à coup, des pas préci-
pités dans le chemin ! A pareille heure, qui pouvait passer ? Elle se dressa, remuée jusqu'au
fond de l'âme, son cœur cessant de battre...

On s'arrêtait devant la porte, on montait les
petites marches de pierre...

Lui !... Oh ! joie du ciel, lui ! On avait frappé,
est-ce que ce pouvait être un autre !... Elle était
debout, pieds nus ; elle, si faible depuis tant de
jours, avait sauté lestement comme les chattes,
les bras ouverts pour enlacer le bien-aimé. Sans
doute la *Léopoldine* était arrivée de nuit, et
mouillée en face dans la baie de Pors-Even — et
lui, il accourait ; elle arrangeait tout cela dans
sa tête avec une vitesse d'éclair. Et maintenant,

elle se déchirait les doigts aux clous de la porte, dans sa rage pour retirer ce verrou qui était dur...

— Ah !... Et puis elle recula lentement, affaissée, la tête retombée sur la poitrine. Son beau rêve de folle était fini. Ce n'était que Fantec, leur voisin... Le temps de bien comprendre que ce n'était que lui, que rien de son Yann n'avait passé dans l'air, elle se sentit replongée comme par degrés dans son même gouffre, jusqu'au fond de son même désespoir affreux.

Il s'excusait, le pauvre Fantec : sa femme, comme on savait, était au plus mal, et à présent, c'était leur enfant qui étouffait dans son berceau, pris d'un mauvais mal de gorge ; aussi il était venu demander du secours, pendant que lui irait d'une course chercher le médecin à Paimpol.

Qu'est-ce que tout cela lui faisait, à elle ? Devenue sauvage dans sa douleur, elle n'avait plus rien à donner aux peines des autres. Effondrée sur un banc, elle restait devant lui les yeux fixes, comme une morte, sans lui répondre, ni l'écouter ni seulement le regarder. Qu'est-ce que cela lui faisait, les choses que racontait cet homme ?

Lui, comprit tout alors ; il devina pourquoi on lui avait ouvert cette porte si vite, et il eut pitié pour le mal qu'il venait de lui faire.

Il balbutia un pardon :

— C'est vrai, qu'il n'aurait pas dû la déranger... elle !...

— Moi ! répondit Gaud vivement — et pourquoi donc *pas moi*, Fantec ?

La vie lui était revenue brusquement, car elle ne voulait pas encore être une désespérée aux yeux des autres, elle ne le voulait absolu-

ment pas. Et, puis, à son tour, elle avait pitié
de lui ; elle s'habilla pour le suivre et trouva la
force d'aller soigner son petit enfant.

Quand elle revint se jeter sur son lit, à
quatre heures, le sommeil la prit un moment
parce qu'elle était très fatiguée.

Mais cette minute de joie immense avait
laissé dans sa tête une empreinte qui, malgré
tout, était persistante ; elle se réveilla bientôt
avec une secousse, se dressant à moitié, au
souvenir du quelque chose... Il y avait eu du
nouveau concernant son Yann... Au milieu de
la confusion des idées qui revenaient, vite elle
cherchait dans sa tête, elle cherchait ce que
c'était...

— Ah ! rien, hélas ! — non rien que Fantec.

Et une seconde fois, elle retomba tout au
fond de son même abîme. Non, en réalité, il
n'y avait rien de changé dans son attente
morne et sans espérance.

Pourtant, l'avoir senti là si près, c'était
comme si quelque chose émané de lui était
revenu flotter alentour ; c'était ce qu'on
appelle, au pays breton, un *pressigne* ; et elle
écoutait plus attentivement les pas du dehors,
pressentant que quelqu'un allait peut-être
arriver qui parlerait de lui.

En effet, quand il fit jour, le père d'Yann
entra. Il ôta son bonnet, releva ses beaux cheveux blancs, qui étaient en boucles comme
ceux de son fils, et s'assit près du lit de Gaud.

Il avait le cœur angoissé, lui aussi ; car son
Yann, son beau Yann, était son aîné, son préféré, sa gloire. Mais il ne désespérait pas, non
vraiment, il ne désespérait pas encore. Il se
mit à rassurer Gaud d'une manière très
douce : d'abord les derniers rentrés d'Islande
parlaient tous de brumes très épaisses qui

avaient bien pu retarder le navire ; et puis
surtout il lui était venu une idée : une relâche
aux îles Féroé, qui sont des îles lointaines
situées sur la route et d'où les lettres mettrent
très longtemps à venir ; cela lui était arrivé à
lui-même, il y avait une quarantaine d'années,
et sa pauvre défunte mère avait déjà fait dire
une messe pour son âme... Un si beau bateau,
la *Léopoldine*, presque neuf, et de si forts
marins qu'ils étaient tous à bord...

La vieille Moan rôdait autour d'eux tout en
hochant la tête ; la détresse de sa petite-fille
lui avait presque rendu de la force et des
idées ; elle rangeait le ménage, regardant de
temps en temps le petit portrait jauni de son
Sylvestre accroché au granit du mur, avec ses
ancres de marine et sa couronne funéraire en
perles noires ; non depuis que le métier de
mer lui avait pris son petit-fils, à elle, elle n'y
croyait plus, au retour des marins ; elle ne
priait plus la Vierge que par crainte, du bout
de ses pauvres vieilles lèvres, lui gardant une
mauvaise rancune dans le cœur.

Mais Gaud écoutait avidement ces choses
consolantes, ses grands yeux cernés regardaient avec une tendresse profonde ce vieillard qui ressemblait au bien-aimé ; rien que de
l'avoir là, près d'elle, c'était une protection
contre la mort, et elle se sentait plus rassurée,
plus rapprochée de son Yann. Ses larmes tombaient, silencieuses et plus douces, et elle
redisait en elle-même ses prières ardentes à la
Vierge Étoile-de-la-mer.

Une relâche là-bas, dans ces îles, pour des
avaries peut-être ; c'était une chose possible
en effet. Elle se leva, lissa ses cheveux, fit une
sorte de toilette, comme s'il pouvait revenir.
Sans doute tout n'était pas perdu, puisqu'il ne
désespérait pas, lui, son père. Et, pendant

quelques jours, elle se remit encore à attendre.

C'était bien l'automne, l'arrière-automne, les tombées de nuit lugubre où, de bonne heure, tout se faisait noir dans la vieille chaumière, et noir aussi alentour, dans le vieux pays breton.

Les jours eux-mêmes semblaient n'être plus que des crépuscules ; des nuages immenses, qui passaient lentement, venaient faire tout à coup des obscurités en plein midi. Le vent bruissait constamment, c'était comme un son lointain de grandes orgues d'église, jouant des airs méchants ou désespérés ; d'autres fois, cela se rapprochait tout près contre la porte, se mettant à rugir comme les bêtes.

Elle était devenue pâle, pâle et se tenait toujours plus affaissée, comme si la vieillesse l'eût déjà frôlée de son aile chauve. Très souvent elle touchait les effets de son Yann, ses beaux habits de noces, les dépliant, les repliant comme une maniaque — surtout un de ses maillots en laine bleue qui avait gardé la forme de son corps ; quand on le jetait doucement sur la table, il dessinait de lui-même, comme par habitude, les reliefs de ses épaules et de sa poitrine ; aussi à la fin elle l'avait posé tout seul sur une étagère de leur armoire, ne voulant plus le remuer pour qu'il gardât plus longtemps cette empreinte.

Chaque soir, des brumes froides montaient de la terre ; alors elle regardait par sa fenêtre la lande triste, où des petits panaches de fumée blanche commençaient à sortir çà et là des chaumières des autres : là partout les hommes étaient revenus, oiseaux voyageurs ramenés par le froid. Et, devant beaucoup de ces feux, les veillées devaient être douces ; car le renouveau d'amour était commencé avec l'hiver dans tout ce pays des Islandais...

Cramponnée à l'idée de ces îles où il avait pu relâcher, ayant repris une sorte d'espoir, elle s'était remise à l'attendre...

Il ne revint jamais.

Une nuit d'août, là-bas, au large de la sombre Islande, au milieu d'un grand bruit de fureur, avaient été célébrées ses noces avec la mer.

Avec la mer, qui autrefois avait été aussi sa nourrice ; c'était elle qui l'avait bercé, qui l'avait fait adolescent large et fort — et ensuite elle l'avait repris, dans sa virilité superbe, pour elle seule. Un profond mystère avait enveloppé ces noces monstrueuses. Tout le temps, des voiles obscurs s'étaient agités au-dessus, des rideaux mouvants et tourmentés, tendus pour cacher la fête ; et la fiancée donnait de la voix, faisait toujours son plus grand bruit horrible pour étouffer les cris. — Lui, se souvenant de Gaud, sa femme de chair, s'était défendu, dans une lutte de géant, contre cette épousée de tombeau. Jusqu'au moment où il s'était abandonné, les bras ouverts pour la recevoir, avec un grand cri profond comme un taureau qui râle, la bouche déjà emplie d'eau ; les bras ouverts, étendus et raidis pour jamais.

Et à ses noces, ils y étaient tous, ceux qu'il avait conviés jadis. Tous, excepté Sylvestre, qui, lui, s'en était allé dormir dans des jardins enchantés — très loin, de l'autre côté de la Terre...

DISTRIBUTION

ALLEMAGNE
SWAN BUCH-VERTRIEB GMBH
Goldscheuerstrasse 16
D-77694 Kehl/Rhein

BELGIQUE
UITGEVERIJ EN BOEKHANDEL
VAN GENNEP BV
Spuistraat 283
1012 VR Amsterdam
Pays-Bas

CANADA
EDILIVRE INC.
DIFFUSION SOUSSAN
5518 Ferrier
Mont-Royal, QC H4P 1M2

ESPAGNE
PROLIBRO, S.A.
CL Sierra de Gata, 7
Pol. Ind. San Fernando II
San Fernando de Henares

RIBERA LIBRERIA
Dr Areilza 19
48011 Bilbao

ÉTATS-UNIS
POWELL'S BOOKSTORE
1501 East 57th Street
Chicago, Illinois 60637

TEXAS BOOKMAN
8650 Denton Drive
75235 Dallas, Texas

FRANCE
BOOKKING INTERNATIONAL
60 rue Saint-André-des-Arts
75006 Paris

GRANDE-BRETAGNE
SANDPIPER BOOKS LTD
22 a Langroyd Road
London SW17 7PL

ITALIE
MAGIS BOOKS s.r.l.
Vicolo Trivelli 6
42100 Reggio Emilia

LIBAN
SORED
BP 166210
Rue Mar Maroun
Beyrouth

MAROC
LIBRAIRIE DES ÉCOLES
12 av. Hassan II
Casablanca

PORTUGAL
CENTRALIVROS
Av. Cintura do Porto de Lisboa
Urbanizacao da Matinha A-2C
1900 Lisboa

PAYS-BAS
UITGEVERIJ EN BOEKHANDEL
VAN GENNEP BV
Spuistraat 283
1012 VR Amsterdam

SUÈDE
LONGUS BOOK IMPORTS
Box 30161
S - 10425 Stockholm

SUISSE
LIVRART S.A.
Z.I. 3 Corminboeuf
Case Postale 182
1709 Fribourg

TAIWAN
POINT FRANCE LIVRE
Diffusion de l'édition française
Han Yang Bd 7 F
374 Pa Teh Rd.
Section 2 - Taipei

44 - énamourer

IMPRIMÉ EN FRANCE PAR BRODARD ET TAUPIN
Usine de La Flèche (Sarthe), le 06-09-1994
B/106-94 – Dépôt légal, septembre 1994
ISBN : 287714-208-6